風霜江湖

풍상강호

하 목 신무협 장편 소설

풍상강호

風霜江湖

⑤

[완결]

목차

28장 마문 발호

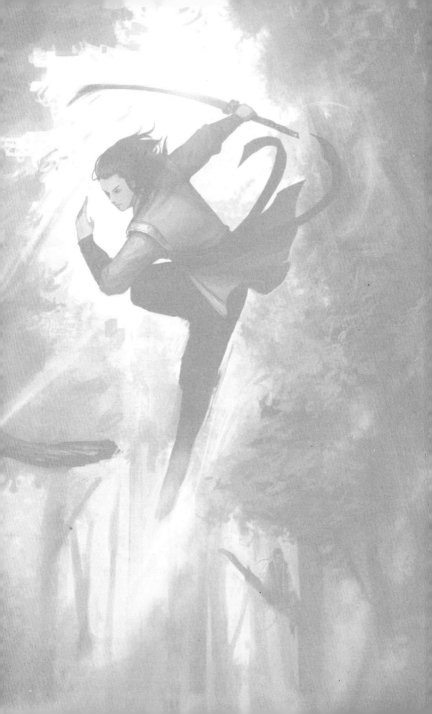

거대 괴인의 주먹이 양유의 앞가슴을 훑고 지나갔다. 몸이 저리 크니 빠르면 얼마나 빠르랴 생각하고 좀 방심하고 있다가 하마터면 가슴뼈가 함몰될 뻔했다. 양유는 몇 초가 지나는 동안 정신없이 피하기만 했다.

　반격할 생각 없이 주먹이 어디로 날아들지만을 예측하면서 회피 동작만을 계속하는 건 좀 자존심 상하는 일이 될 수가 있었다. 하지만 어쨌든 지금은 쏟아지는 공격을 무마시키는 데에만 집중했다. 재정비 없이 이어지는 공격은 결국 무디어지기 마련. 곧 기회가 왔다. 양유가 두 주먹에 내공을 싣고 반격을 시작했다.

처음 거대 괴인은 양유가 자기 공격을 다 피하자 좀 의외라는 표정이었다. 거대 괴인의 주먹 크기나 담긴 힘, 또 의외로 민첩하다는 것. 이런 걸 보면 평소 그는 상대를 압도하며 두들기고 패 죽이는 일이 다반사였을 것이다. 하지만 양유는 마치 버들가지처럼 유연하게 잘도 피했다. 허공만 때리니 당연히 짜증이 나기 시작하는데, 무시할 수 없는 기세로 반격이 들어오자 이제는 어이가 없을 지경이었다.

"너 뭐냐?"

거대 괴인은 막고 막으며 겨우 만들어낸 여유를 말하는 데에 썼다. 양유가 대답했다.

"그러는 너는 뭐지? 왜 저들을 납치해 간 거지?"

그가 대답하지 않자 양유가 비아냥거렸다.

"네 정보는 꼭꼭 숨기면서 나에 대해선 알려고 하다니, 양심이 없군."

거대 괴인이 아무리 빠르다지만 양유보다 더 빠를 수는 없었다. 일단 양유의 경신술이 더욱 뛰어난데다 그게 비슷한 수준이라 하더라도 신체적 조건의 차이 때문에 양유가 무조건 더 날렵할 수밖에 없는 것이다.

그래서 양유라면 피했을 공격을 거대 괴인은 팔을 들

어 막아낼 수밖에 없었다. 양유가 전력으로 치기 시작하니 거대 괴인의 얼굴에서 고통스러운 기색이 피어났다. 맞을 때마다 양팔이 욱신욱신! 단련에 단련을 거듭한 부위이고 내공도 있는 대로 몰았는데도 이 정도다. 한 번이라도 놓쳤다가 정타가 꽂히면 어떻게 될지는 뻔하디뻔했다.

이제 거대 괴인은 맞서는 것을 포기하고 뒷걸음질 치기 시작했다. 발을 뒤로 뺀다는 건 이기려는 마음을 완전히 접어두었다는 얘기다. 승부의 추는 그렇게 기울어져 양유가 일방적으로 때리고 거대 괴인은 절절매며 피하는 판이 되었다.

"잠, 잠깐!"

거대 괴인은 커다란 손바닥 두 장을 쫙 펴 내밀며 휴전 의사를 밝혔다. 그러나 양유의 주먹이 그 사이를 뚫고 들어가 거대 괴인의 턱을 날렸다.

"크, 크윽……."

당연하게도 그런 상황에서 진짜 멈추고 잠깐 기다려줄 사람이 있을 리는 만무했다. 하지만 거대 괴인은 무너진 자세로 잔뜩 억울한 표정을 지었다.

"잠깐이랬는데 들어오다니……."

"미친놈인가?"

양유는 어처구니없어 하며 공격을 이어갔다. 그렇게 무게를 잡더니 갑자기 왜 저러는지 모르겠다. 거대 괴인은 정신이 아찔하지만 그래도 움직여야만 한다는 것을 알아서 고개를 흔들곤 몸을 세워 뒤로 피했다. 양유는 계속 다가갔다.

거대 괴인이 물러나는 것보다 당연히 양유가 접근하는 속도가 더 빨랐다. 거대 괴인은 어떻게든 양유를 멈춰 세우려고, 그러면서 별소리를 다 하기 시작했다.

뭔가 오해가 있는 모양인데, 우선 말로 풀어보도록 하자. 무림인이라고 해서 항상 주먹으로 문제를 해결하려 할 필요는 없다. 견해 차가 좁혀지지 않으면 그때 다시 싸우면 되지 않겠느냐는 것이었다.

먼저 공격해 놓고 이러니 그에 설득당한다면 진짜 바보다. 양유가 무시하자 급기야 거대 괴인은 이렇게 외쳤다.

"항복, 항복한다!"

그러곤 그는 스스로 자신의 마혈을 눌렀다. 거대 괴인의 오른팔이 뻣뻣해졌다. 마혈이 찍혔으니 그 부분은 딱딱하게 굳어버렸고, 혈도가 막힘으로써 이제 그곳으로는 내공이 이동할 수 없게 되었다.

"뭐하는 거지?"

"뭐긴 뭐야! 졌다고! 졌으니까 이러는 거잖아!"

오른팔을 점혈하는 것 정도면, 특히 양유가 거대 괴인보다 실력에서 우월하다는 게 입증된 이 상황에서 패배 선언으로 충분하기는 했다. 하지만 양유는 그에 만족하지 않고 더 요구했다.

"흠, 부족한데…… 왼팔도 점혈해."

거대 괴인은 우하(右下)로 시선을 돌렸다. 이래서 어떻게 점혈을 할 수 있겠느냐는 거였다.

"아, 그렇군. 그럼 내가 한다."

양유는 거대 괴인에게 다가갔다. 순간, 그의 눈이 번득이는 것처럼 보였다. 하지만 별일은 없었고, 거대 괴인은 순순히 왼팔을 내주었다. 양유는 거대 괴인의 왼팔 마혈을 짚었다. 이쪽 역시 오른팔처럼 되었다. 하지만 양유는 여전히 뭔가 마음에 안 드는 표정이었다.

"팔을 못 움직여도 뜀박질은 할 수 있지. 다리도 똑같이 해야겠다."

양유가 이번에는 거대 괴인의 두 다리 마혈을 짚었다. 그가 쓰러지는 것을 양유가 받아주었는데, 이제 그는 사지가 굳어 거의 통나무와도 같아졌다. 거대 괴인은 눈을 데굴데굴 굴리며 말했다.

"꼭 이렇게까지 해야 하나?"

"물론. 의심하는 데 은자가 드는 것도 아니고, 점혈도 돈 내고 하는 거 아니지. 그런데 안 할 이유는 뭐야?"

"음……."

거대 괴인은 그에 별 대꾸를 하지 않았다. 패자가 무슨 말이 있겠나. 하지만 양유는 그의 말을 들어야 했기에 물었다.

"왜 저들을 납치했지?"

거대 괴인은 침묵을 유지했다.

양유는 그의 옆구리를 걷어찼다.

"컥……."

"말하기 싫었으면 자결을 했겠지? 네 뜻을 다 아는 이상 귀찮게 심리전 같은 거 하지 말자고. 자자, 빨리 말해."

거대 괴인은 망설이는 듯했지만 양유의 말이 맞기는 한 모양이었다. 어쨌든 말할 의향은 있었던 듯, 결국 입을 열었다.

"나는 마문에서 나왔다."

"마문? 어디? 마문이 한두 군데가 아닌데."

"네가 말하는 곳은 그저 마문의 이름만을 빌렸을 뿐이지. 지금 중원에는 가짜만이 판치고 있다. 하지만 이제 곧 있으면 그들의 이름은 사라지고, 마문, 그 이름 두 자만 남을 것이다."

양유는 그게 무슨 소리인지 언뜻 이해하지 못했다.

"뭐라는 거야?"

"뭐긴! 그는 지금 공포의 마문, 그 마문이 부활한 것이라고 말하고 있소!"

그 목소리의 주인공은 상관홍이었다. 기절한 줄 알았는데 잘만 깨 있던 것이다.

"뭐, 그런 게 있긴 하다는 말을 들은 것 같기는 한데……."

양유는 심드렁한 반응을 보이지만, 실은 엄청난 일이었다.

그저 납치자의 목적과 배후나 밝히려고 했더니 무림의 전설이자 공포의 상징인 마문 얘기가 튀어나오다니, 누구도 예상 못했을 말이다.

아이를 꾸짖었더니 걔가 '엄마, 사실 나 사람 죽었어…….' 이러는 격이랄까?

"근데 그런 마문이 왜 상관가 자제를 납치하려고 하

지? 할 일이 그렇게 없나?"

"큭큭, 이는 무림일통의 발판이다. 이런 일이 여기에서만 일어나고 있는 줄 아는가? 후기지수들이 꼴에 용이니 봉이니 자칭하면서 모이는데, 그건 우리에게 아주 좋은 기회가 되지."

"애들 납치한다고 무림이 정복되나? 좀 안이한 발상이군."

하나 거대 괴인은 그 말에 동의하지 않았다. 이는 장대한 정복 계획의 시발점에 불과할 뿐이다. 그로써 마문의 존재감을 보이고 무림의 미래는 너희에게 있는 게 아니라 바로 우리에게 있다는 것을 널리 알리는 것. 후기지수 납치는 앞으로 중요한 상징으로 작용할 것이다.

그가 자신만만하게 말하자 양유가 비웃듯이 입을 열었다.

"생긴 것답지 않게 개소리를 좋아하는군. 그래서 후기지수 누구누구한테 붙었지?"

"거의 다. 남궁가나 삼성에는 당연히 붙었고. 상관가만 해도 내가 친히 움직일 정도인데, 다른 데는 더하지. 이번 계획에 어마어마한 마두들이 대거 동원되었다."

"삼성이라면… 철검성도?"

"당연한 거 아닌가. 거기 딸내미가 그렇게 예쁘다던데, 못 가서 아쉽게 됐지……."

거대 괴인이 입맛을 다시자 양유는 그의 따귀를 갈겼다. 내공이 담겨 있어서 입안이 터지고 말았다.

"왜, 왜……."

"표정이 마음에 안 들어."

양유는 그렇게 말하곤 이제 쓰러진 다른 두 사람을 살펴보러 갔다. 상관홍은 거대 괴인이 막 굴렸는지 옷차림이 지저분하고 이곳저곳 상처도 있었으나 상관소혜는 그래도 여자라고 꽤 신경을 써준 모양이었다. 하지만 멀쩡해 보이는 겉모습과 달리 그녀는 정신을 아예 못 차리고 있었다.

양유는 우선 상관홍의 혈도를 풀어주었다. 그는 얼른 일어나 상관소혜에게로 다가가 상태를 살폈다. 혈도가 안 막힌 데가 없어 사지가 굳었고, 혼혈까지 짚여 혼수상태였다. 상관홍이 이곳저곳을 찔러보는데, 그녀의 혈도는 그가 어떻게 할 수가 없을 정도로 꽉 막혀 있었다.

"잠깐, 좀……."

양유가 다가가자 상관홍이 옆으로 비켰다. 보니까 양유가 자기보다 훨씬 고수 같은데, 그렇다면 뭔가 방법이 있을 것이다. 지금 상황이 보통 심각한 게 아니니 상관홍은 자신이 그를 어떻게 대했는지, 또 그에게 무슨 짓을 했는지도 잊고 뭐라도 해달라는 듯 다급한 눈빛으로 양유를 바라보았다.

과연 양유는 쉽게 해혈을 했다.

"음, 으으……."

그러자 상관소혜는 이내 몸을 흔들더니, 차츰 의식이 돌아오는 것 같았다.

그것을 본 양유가 뒤로 물러났고, 상관홍이 황급히 그녀에게로 다가갔다.

"흠……."

상관홍은 상관소혜의 팔다리를 주무르며 회복을 도왔다. 그 손길에는 진정성이 담뿍 묻어 있고, 걱정스러워하는 눈빛에는 따스함이 가득 담겼다.

그런 그에게 정신을 차린 상관소혜가 빽! 소리를 질렀다.

"뭐하는 거야? 어딜 만져?"

"아, 아니, 난 그저……."

"그저는 뭔 그저야? 저리 안 비켜?"

상관소혜가 몸부림을 치니까 상관홍은 어쩔 수 없다

는 듯이 씁쓸한 눈으로 손을 뗐다.

양유는 그런 광경을 멀찍이서 지켜보고 있었는데, 마침 이쪽으로 시선을 준 상관홍이 '아!' 하고 소리를 쳤다.

죽은 듯이 누워 있던 거대 괴인이 벌떡 일어나 양유의 뒤를 덮치려 한 것이다. 그는 언제 꺼냈는지 단검까지 들고 있었다. 검끝이 양유의 왼쪽 등을 향하고 그대로 찔러 들어가면 심장까지 닿을 것이었다.

"크억……."

그러나 외마디소리는 양유가 아니라 거대 괴인에게서 터져 나왔다. 무방비 상태로 보였던 양유는 별다른 피해 없이 잘 피했고, 양유의 심장에 꽂힐 것만 같던 거대 괴인의 단검은 오히려 그의 흉부에 박혀 있었다.

"어, 어떻게……."

거대 괴인은 불신 가득한 눈으로 양유를 보았다.

양유는 분명히 방심하고 있는 것처럼 보였다. 아니, 굳이 방심이라 표현하지 않더라도 상대를 전신 점혈한 상태라면 누구라도 마음을 놓을 수밖에 없다. 그런데 그는 자기가 공격할 것을 미리 알기라도 한 듯이 제때에 움직였고, 반격까지 하여 도리어 자신이 당하고 만 것이다.

"지나치게 협조적이었다고 생각하지 않아? 마음이

너무 급했나? 좀 노골적이었어. 그러니까 당연히 수상하게 여기지."

"그, 그렇지만……."

"뭐? 점혈했던 거? 그런데 몰래몰래 움직이더라? 들키지 않으려고 노력하는 게 어찌나 안쓰럽던지……. 그럼 점혈된 게 아닌 거겠지. 난 분명 제대로 한 것 같은데. 음, 하지만 그렇다고 해서 현상을 부정할 수는 없잖아? 내가 도저히 이유를 알아낼 수 없는, 그런 방법을 써서 점혈되는 걸 피했다거나 한 거겠지."

양유는 어떻게 한 것이었냐고 거대 괴인에게 물었다.

사실 그게 궁금해서 숨을 붙여놓은 것이니, 뜸들이지 말고 빨리 불라고 말했다.

그러나 거대 괴인은 말이 없었다.

양유는 이해가 안 돼서 물었다.

"왜 고민하지? 그냥 죽을 생각이야?"

말을 하며 양유가 단검 손잡이를 톡톡, 건드렸다. 단검이 미동할 때마다 거대 괴인의 입에서 신음이 흘러나오고, 이윽고 양유가 툭, 치기까지 하니 그의 눈은 거의 뒤집어졌다.

"그, 그만……."

생에의 욕구가 결국 그의 입을 열게 한 듯 그에 대한 이유가 흘러나왔다.

거대 괴인은 마문 무공을 익혔기 때문이라고 했다. 마문도들이 하는 짓이 하나같이 괴랄하듯 무공 역시 그러했는데, 이를 수련하다 보면 경맥이 뒤틀어지기 때문에 혈도의 위치도 바뀌는 것이라고 밝혔다.

"큭, 이건 본 교의 비밀 중 비밀이다. 내가 누설자가 되고 말다니……."

그는 상당히 자책하는 것 같았다.

양유가 말했다.

"비밀이고 나발이고, 우선 살아야 뭐라도 할 수 있는 것 아니겠어? 너무 괴로워하지 마."

양유는 거대 괴인을 위로하는가 싶더니, 갑자기 검지를 세워 거대 괴인의 몸 이곳저곳을 파파팍, 찔렀다.

"와, 진짜였네? 안 죽잖아?"

양유가 찍은 건 죄다 사혈이었다. 일지, 일지마다 사람을 즉사시킬 수 있는 급소였다.

거대 괴인은 몸서리를 쳤다.

"이런 사악한……."

무림인에게 사혈은 정말 민감한 부위이다. 점혈당하

면 바로 죽기 때문이다. 점혈당할 일이 없는 보통 사람은 자기 몸에 그런 게 있는지도 잘 모르고, 있다는 걸 안다 해도 대충 급소인가 보다 정도만 생각하고 말지만, 강호에서 칼밥 먹고 사는 인간이라면 인체 어느 곳보다, 심지어는 성기보다도 더욱 신경 써 보호한다.

그런데 그런 치명적인 곳을 아무렇지도 않게 건드리니, 거대 괴인은 당연히 이를 부득부득 갈 수밖에 없는 것이다.

"여기가 사혈도 아니라면서 왜 그렇게 싫은 내색이지? 이해가 안 가는군."

"이혈(移穴)되기 전에는 사혈이었다. 오 년 전이었으면 꼼짝없이 죽었겠지."

"알았어. 이제 알 건 다 알았으니까 그만 죽여줄게."

"뭣?"

양유는 거대 괴인에게 박힌 단검을 우측으로 비틀어 꺼내고 경악하는 그의 몸뚱어리에다가 다시 박고 또 뽑은 다음, 또 박았다.

그런 과정 중에 단검이 거대 괴인의 심장을 꿰뚫었다.

불신 가득한 얼굴로 죽어 있는 거대 괴인에게 양유가 한마디를 남겼다.

"살려준다고는 안 했잖아. 너무 그렇게 억울하다는 듯이 보지 마. 적어도 조금 더 살긴 했잖아."

그 억지소리에 반박할 유일한 사람은 이제 죽고 없다.

놀란 표정으로 그런 양유를 보는 건 상관소혜와 상관 홍, 두 사람인데, 그들이 거대 괴인의 처지를 대변해 줄 리는 없었다.

"고, 고맙소."

경악과 반전, 놀라움의 시간이 지나고 정신을 수습할 여유가 생기자 상관홍이 입을 열었다. 그는 양유에게 한 짓이 있어서 굉장히 쭈뼛거렸는데, 그래도 생명의 은인을 두고 그냥 가버리지는 않는 걸 보면 최소한의 염치는 있는 것 같았다.

하지만 상관소혜는 그러한 자각조차 없었다.

"야, 너 고수였어? 놀랍다, 야."

양유가 말했다.

"놀라운 것 말고는 또 뭐 없나?"

"없는데? 거지발싸개 같던 놈이 고수라는 게 밝혀졌 는데, 뭐가 더 중요하겠어?"

그녀는 계속 종알종알 말했다.

"왜 고수가 하수인 척했던 거야? 하수들이 고수인

척 허세 부리는 경우는 많지. 하지만 그 반대는 처음 보는데?"

"별당에서만 처박혀 지내는 주제에 그렇다는 건 어떻게 알지?"

"어? 이게 계속 반말을 하네? 고수라 이거야? 그래도 넌 내 호위잖아. 그러니까 넌 여전히 날 깍듯이 대해야 해."

"깍듯이 안 대하면 뭐 어떡할 건데?"

상관소혜는 의외로 현실을 정상적으로 인식했다. 양유가 고수든 아니든, 자기 목숨을 구했든 안 구했든, 뭐든 간에 떼를 쓰며 자기 말대로 하라고 우겨 댈 것만 같았는데, 그 정도까지 하는 정신 상태는 아니었다.

"음, 내가 뭐 딱히 할 수 있는 건 없지?"

변화된 지금의 상황을 제대로 인지하고 있는 것이다. 그녀는 잠시 생각하다 입을 열었다.

"하지만 내가 몰랐을 때에도 너는 마찬가지로 고수였잖아. 그때도 넌 내 말을 들었지. 그럼 결국 달라진 건 없어. 내가 알았다는 것뿐. 그렇지 않아?"

"그렇지가 않지. 네 어이없는 짓들을 참고 지낸 건 내 정체를 굳이 드러내고 싶지 않았기 때문이지. 이제는 모든 것이 바뀌었어. 단 하나가 달라진 것뿐인데 말이야."

상관소혜를 바라보는 양유의 시선은 무척 당당했고, 비굴함이라고는 전혀 담겨 있지 않았다. 대개 복종하는 이들은 그들의 주인 앞에서 눈을 내리깔고 두 손을 공손히 모으며 어떻게든 자신의 앞에 선 이를 존경한다는 뜻을 전하려 무던히도 노력하는 모습을 보인다. 하지만 양유는 저 중에 하나도 해당하는 게 없는 채로 상관소혜를 쳐다보았다.

물론 양유는 세가에서도 별로 충실한 아랫사람의 자세를 취했던 적은 없다. 그러나 달라진 태도를 상관소혜조차도 느낄 정도니 이제 두 사람의 과거 관계는 소멸하였다고 봐야 하리라.

"잠깐, 지금 그게 뭐가 중요하오?"

상관홍이 끼어들었다.

"그런 말을 할 때가 아니지 않소? 물론 당신이 우릴 도와준 건 감사하오. 하지만 지금 마문이 다시 나타났잖소! 이보다 중요한 게 뭐가 있단 말이오!"

상관홍이 열변을 토하지만, 상관소혜와 양유는 시큰 둥한 기색이었다.

먼저 상관소혜가 말했다.

"큰일은 큰일이겠지. 근데 난 무공 아는 거 하나도 없어. 내가 달리 할 수 있는 것도 없고, 다른 사람들이 알아서 잘 처리하겠지."

양유도 비슷한 입장이었다.

"난 따로 적(籍)을 둔 데도 없는데다 마문이 나에게 피해를 준 적이 없고 나도 마문에 피해를 입힌 적이 없으니……. 내가 왜 그 인간들을 신경 써야 하나?"

상관소혜는 그 말에 거대 괴인의 시체를 흘끔 보았다.

양유가 다시 말했다.

"아, 방금 한 놈 죽였지……. 하지만 그건 당신들이 입 잘 다물고 있으면 아무도 모를 일이니 넘어가자고. 결론적으로 말하면, 마문이 출현했다는 사실은 나에게 별로 중요하지가 않아. 당신한테 중요하다고 해서 남들에게도 그럴 거라고 넘겨짚지 말라고."

이러니 상관홍을 팔짝 뛸 노릇이었다.

마문은 전 무림에게 있어 미움의 대상이다. 정도에서는 증오하고, 사도에서는 혐오하며, 패도는 마문 소리만 나와도 이를 간다. 마문의 후신이라는 삼대마문조차도 마문과의 관계를 부인하며 단절하고자 노력하는 게

작금 무림의 상황인데, 둘의 반응은 미지근하기 짝이
없는 것이다.

"소혜 누이는 그렇다 쳐도 어찌 당신이 그런 말을 한
단 말이오. 마문이 떨어뜨린 무림인의 피는 강물처럼
흘렀소. 시체는 산을 이루었고 말이오. 저 죽은 마인의
말이 사실이라면 그러한 일이 또 벌어진다는 것인데,
어찌 아무 생각이 없단 말이오."

"말을 너무 장황하게 하는군."

상관소혜도 동의했다.

"맞아, 맞아."

상관홍은 어이가 없었다.

"아니, 대체 어찌 그럴 수 있소?"

그는 격분하며 소리치는데, 그의 말을 진지하게 듣는
이가 없었다.

"후, 아무튼 알았소. 이럴 시간이 없지. 어서 세가로
돌아가야겠소. 어른들께 현 상황을 아뢰고 방법을 강구
해야지. 누이와 난 당장 떠날 거요. 어떻게 하겠소? 당
신도 가겠소?"

양유가 입을 떼려는 차……

"내가? 내가 왜?"

상관소혜가 말했다.

"누이는 또 무슨 소리요? 당연히 집으로 돌아가야지."

"왜? 안 가! 용봉회에 갈 거라고!"

"지금 용봉회가 중요하오? 아니, 그렇다 쳐도 이 상황에서 용봉회에 나가봐야 뭐하겠소? 아까 마두가 한 말을 누이도 들었을 것이오."

거대 괴인의 말대로라면 다른 용봉회원 역시 마문에게 습격을 당했을 것이다.

"들었어. 그런데 그게 왜? 제대로 된 용봉회는 아니더라도 가보면 용봉들 몇은 만날 수 있지 않겠어? 그거면 되는 거지. 아무튼 난 갈 거야."

"위험하오! 우린 방금 마문도에게 잡혔다 풀려났소. 대체 무슨 생각이오?"

"네가 보호해 주면 되잖아."

상관소혜의 눈가가 촉촉해졌다. 아래 꺼풀에 맺힌 눈물이 순식간에 가득 차는데, 이게 어찌나 빠른지 근면한 농부가 마른 전답에 물을 대는 것과도 같았다.

상관홍의 얼굴이 벌게졌다.

아직 새벽, 여명이 겨우 밝아오는데, 희미한 밤빛 아래 상관소혜의 낯은 눈부시게 희었다. 두 눈은 별빛처럼 반짝이고, 며칠 피랍된 탓에 흐트러진 머리를 하고 옷도 더러운데, 그래도 꽤 예쁘다. 상관홍은 거기에 정신이 팔려 한동안 대답을 못했다.

"음, 그렇게 안 해줄 거야?"

상관소혜는 그리 말하며 더욱 부담 가는 눈길로 상관홍을 바라보았다. 그녀가 눈을 깜빡이면 길고 부드러운 속눈썹이 가지런히 눈 아래를 덮고, 다시 위로 올라갔다가 또 눈 아래를 덮고 하는데, 이게 한 번 의식하니 도저히 눈을 뗄 수가 없었다.

상관홍은 심호흡을 했다. 그에게는 두 가지 선택의 길이 주어졌다. 굵게 주름 잡힌 미간은 이걸 결정하는 게 그에게 있어 쉬운 일이 아니라는 걸 보여주고 있었다.

그는 곧 입을 열었다.

"안 되오, 그건 안 될 일이오. 누이의 마음은 잘 알지만 지금은 중대 상황이 벌어졌고, 난 이를 가문에 알려야만 하오. 그럴 의무가 나에게 있소."

그는 한숨을 쉬며 말을 이었다.

"미안하지만 어쩔 수 없소."

"그래? 그렇다면야……."

상관소혜는 사정을 이해한다는 듯, '달갑지는 않아도

정 그러하다면 별 도리가 없지, 뭐' 이렇게 느껴질 정도로 온화한 반응을 보였다.

"고맙소, 내 뜻을 알아주어서……. 그럼 이제는 정말 세가로 돌아갑시다. 이미 늦었소."

상관홍은 정말 고마워하는데, 곧 감사를 표할 일이 아니었다는 게 드러났다.

"돌아가? 내가 왜? 가려면 너 혼자 가."

"또 왜 그러오, 누이? 어째서 혼자서 가겠단 거요. 그건 안 될 말이오. 억지 부리지 말고 어서 갑시다."

"싫어."

"허……."

상관홍은 영문을 모르겠다는 얼굴이었다. 포기하는 것 같더니 갑자기 고집을 부리는 것이다. 도무지 알 수가 없다. 상관홍은 이해를 해보려고 몇 번 미간을 오므리며 애를 써봤으나 그게 될 리가 없었다.

그는 곧 고민하기를 관두곤 상관소혜를 설득하기 시작했다. 그건 설득이라기보다는 겁주기에 더 가까웠는데, 아녀자가 홀로 강호를 주유했을 때 맞닥뜨릴 수 있는 여러 종류의 위험에 대해 열거하는 식이었다.

그에 말에 의하면, 여자 혼자 강호행을 하면 강도,

산적, 비적, 마적, 녹림도, 수적, 음적, 색마, 마두, 마인, 노괴물, 살수, 살인마 등을 몇 시진에 한 번씩 만날 수 있었다.

말을 다 들은 상관소혜가 코웃음을 쳤다.

"퍽도 그러겠다. 그리고 내가 언제 혼자 간대? 너 말고 이 인간도 있다고."

그녀가 양유를 가리켰다.

"음?"

양유는 두 사람이 하는 양을 재미있게 보고 있다가 자기 얘기가 나오자 어리둥절해했다.

"나?"

"그래, 너 말이야. 더 좋지 뭐. 훨씬 고수고. 어때? 나하고 가면 용봉들을 만날 수 있어."

"용봉을 만나서 뭐하는데?"

"뭐하긴. 살면서 제일 중요한 게 뭔 줄 알아? 그건 바로 연줄이야. 실력? 물론 그것도 중요하긴 하지. 하지만 당장 너만 해도 그래. 너, 실력 있잖아. 그런데도 왜 내 호위나 하고 있었겠어? 한 개인의 가치는 온전히 그 사람의 능력에 의해 매겨지기보다는 주위에 누가 있느냐에 달릴 때가 더 많아. 그러니까 용봉들하고 안면도 익히고 그러라고. 그럼 너도 좋고, 나도 좋은 일 아냐?"

말하는 게 아주 청산유수다.

하지만 양유는 어깨만 으쓱할 뿐이었다.

"별로……."

양유가 미지근한 반응을 보이니 상관소혜가 눈을 치켜떴다.

"뭐야? 이건 진짜 좋은 기회라고! 이게 기껏 생각해 주니까!"

생각해 줘서인지 부려 먹기 위해서인지, 무엇인지는 자명하지만, 양유는 굳이 거기에 토를 달지 않았다. 그녀가 또 일장연설을 시작하려는데, 양유는 얼른 말을 끊고 같이 가주겠다고 했다.

"정말이야?"

"뭐, 어려운 일도 아니고."

양유가 고개를 끄덕이자 상관소혜는 드러내 놓고 좋아했다.

다만, 상관홍의 표정은 썩어 들어갔다. 그가 말했다.

"소협, 이러지 마시오. 차라리 세가로 갑시다. 소협 같은 고수가 상관가로 와준다면 누구나 환영할 것이고, 융숭한 대접을 받을 거요. 어떻소?"

상관홍은 여러 좋은 조건을 제시했다. 하지만 양유는 이미 가주의 제안을 거절한 전력이 있다. 그의 말 어디에 구미 당기는 데가 있겠는가.

"싫소."

상관소혜는 기뻐하고, 상관홍은 고개를 떨어뜨렸다.

"후, 도저히 설득이 안 되는군. 더 말해봐야 소용이 없을 것 같고, 한시가 급하니 난 이제 가겠소."

상관홍은 단호히 말했지만, 눈에는 여전히 미련이 남아 있었다. 그러나 그 누구도 마지막까지 마음을 바꾸지 않았다.

"그럼……."

상관홍이 떠났다. 사안이 중대하다 보니 한 번 마음을 굳히자 망설이거나 주춤댈 시간이 없었다.

"갔군. 우리도 갈까?"

양유가 말하자 상관소혜는 눈을 초롱초롱 빛내며 그를 바라보았다. 양유의 위아래를 훑고 좌우를 살피는 등 뭔가를 재보는 듯했다.

"흐음, 잘 모르겠다."

상관소혜는 그렇게 말하곤 양유 앞을 지나쳐 먼저 걸어갔다. 사뿐사뿐. 그녀는 간단한 경공도 모르지만, 걸는 모습은 마치 나비처럼 가벼웠다. 양유는 그녀의 뒤를 따라갔다. 상관소혜는 그렇게 십수 걸음을 걸어가다가 어느 순간 홱 돌아 양유를 보았다. 그러고는 결심했다는 듯이 말했다.

"야!"

양유가 왜 부르냐고 물었다.

"갑자기 생각을 바꾼 이유가 뭐야?"

"뭐가?"

"이상하잖아. 세가에서는 용봉회에 간다는데도 죽상을 하고 있었잖아. 그런데 지금은 같이 가주겠다니, 대체 뭐야?"

양유는 이상할 것도 많다고 생각하며 그녀의 말을 대충 흘려듣는데, 상관소혜가 갑자기 정색을 했다.

"아니, 진짜 이상해. 그리고 넌 날 구하러 왔잖아. 넌 충성심이라고는 눈곱만큼도 없는 개망나니지. 뭐, 내가 별당에만 처박혀 있다고?"

"사실이잖아."

"뭐가 사실이야. 난 밖에 있는 시간이 더 많다고! 아무튼 그건 그렇다고 쳐. 그런 놈이 나는 왜 구하러 왔지? 생각해 보니까 그게 제일 이상해."

거기에 답할 말이 있긴 했다.

왜 상관소혜 좋은 일을 시켜주느냐고?

그녀가 가든 안 가든 어차피 양유는 소호에 갈 생각이었다. 혹시 군하경이 올지도 모르는 일 아닌가. 그녀의 안전을 확인하고, 만약 신변에 문제가 생겼다면 자신이 해결하려 했다.

그리고 며칠 잠도 거르면서 두 상관 씨를 구한 것?

그건 이준과 금현 때문이었다. 거대 괴인은 이준의 간접적 살해자이며, 금현을 직접 죽였을 것임이 거의 확실시되었다. 금현의 시체를 봤을 때의 분노가 양유를 여기까지 이끈 것이지, 여기 있는 이 여자와 아까 간 그 남자를 위해서가 아니었다.

그러나 그러한 속사정을 일일이 말할 수는 없는 노릇이었다. 양유는 대답하지 않고 가만히 걸었다.

그에 상관소혜는 손가락을 딱, 튕기며 생각났다는 듯 말했다.

"이건 아닐까? 사실 넌 날 사모하고 있었던 거야."

"뭐라고?"

그 가설이 어찌나 어처구니가 없는지 어이없음을 넘어 폭소가 나올 지경이었다.

상관소혜가 화를 냈다.

"왜 웃어? 그게 웃겨?"

"아냐, 아냐, 계속 말해봐."

양유는 좀 더 듣고 싶어서 웃음을 멈추고 얼른 진지한 얼굴로 바꾸었다.

그제야 상관소혜가 재차 입을 열었다.

"그렇잖아. 아무리 연줄이 없어도 그렇지, 너 같은 고수가 내 호위나 했다는 게 말이 돼? 그리고 나 가는 데마다 따라다니잖아. 충분히 생각해 볼 수 있는 거 아냐?"

양유는 그에 어느 정도 수긍은 하면서도 그게 그렇지가 않다고 했다. 자신의 행로와 너의 동선이 겹치고 있는 것은 사실이다. 하지만 그건 단지 우연과 그럴 수밖에 없던 어떤 상황들이 이루어낸 결과일 뿐, 거기에는 다른 의미가 있지는 않다고 말했다.

"그리고 내가 널 사모했다면 잘 보이려고 노력했겠지, 처음부터 그렇게 악연으로 시작했겠어?"

상관소혜가 반박을 했다.

"그 뒤로 연모하는 감정이 싹튼 것일 수도 있지. 그래서 호위로 온 거야."

"그 뒤 언제? 그리고 세가에서 내 그런 은밀한 눈길

을 느낀 적이 있기는 해?"

"은밀하니까 모르지. 알면 그게 은밀한 거야?"

"흠……."

양유는 자신의 얼굴을 상관소혜 바로 앞에다 들이밀었다. 서로의 숨결이 맞닿을 거리를 더 넘어 양유의 숨결이 상관소혜의 머릿결에 닿고, 상관소혜가 뱉는 숨이 양유의 목덜미에 이를 정도까지 가까워졌다.

양유가 말했다.

"봐. 이래도 내가 너한테 마음이 있는 것 같아?"

누군가를 사랑할 때에 일어나는 반사작용에는 여러 가지가 있을 수 있다. 호흡이 가빠지고, 손에 땀이 잡히고, 입술은 부들부들, 안면에는 홍조가 떠오른다. 말도 좀 더듬거리게 될 것이고, 시선은 상대에게 고정될 것이다. 하나 지금 양유의 모습엔 이에 해당하는 게 하나도 없었다.

"아니."

"그럼 이제 네 주장이 터무니없는 거였단 걸 알겠지?"

"응? 응……."

상관소혜는 이상할 정도로 쉽게 수긍했다. 어째 건성으로 대답하는 것 같기도 했다.

"그렇다면 개소리는 그만 늘어놓고 빨리 가자."

양유는 상관소혜를 덥석 안았다.

그녀의 눈이 동그랗게 커졌다.

"뭐하는 거야? 놔!"

"소호까지 걸어갈 거라 생각했어? 용봉이든 뭐든 금세 만나게 해줄 테니 가만있어."

양유는 상관소혜를 뒤로 돌려 등에 업은 자세로 바꾸고는 경공을 발휘하기 시작했다. 달리는 속도가 너무 빨라 그런 건지 상관소혜는 등 위에서 버둥거리지도 않고 가만히 있었다.

양유는 좀 어색했는지 한마디 했다.

"아까 그거, 진짜 괴상했어. 그런 식으로 말하는 여자를 본 적이 없어서……. 평소에도 다른 남자들한테 그래?"

돌아오는 말은 없다. 대답하기 싫은 모양이었다.

양유는 화났나 싶어서 그냥 입을 다물기로 했다.

소호에 도착할 때까지 둘 사이에는 아무 말도 오가지 않았다.

과연 소호는 큰 호수였다. 해가 뜬 지 한참인데 아직

도 물안개가 자욱하게 껴 있었다. 호숫가를 산세가 둘러치고 있는데, 이 운무는 거기에도 잔뜩 걸려 있었다.

호수는 아득히 넓고 산은 높다. 이런 광활한 데를 약속 장소로 삼다니, 무슨 생각인지 모르겠다. 일단 오면 뭐라도 될 줄 알았는데, 보이는 건 물과 안개뿐이었다.

양유는 상관소혜에게 물었다.

"여기서 용봉을 어떻게 찾지? 그냥 소호에서 만나기로 한 건가?"

"아니. 설마 그랬겠어?"

"그럼?"

"소호 어딘가겠지, 뭐. 그런데 어딘지는 나도 몰라. 초대장에 적혀 있을걸, 아마?"

"그 초대장은?"

상관소혜는 자기 몸 이곳저곳을 뒤졌다. 그러나 이건 있는 걸 찾기 위함이 아니라 없다는 걸 보이기 위한 동작이었다. 그러면서 양유에게 말했다.

"아마 없을 거야. 상관홍이 가지고 왔을 텐데, 주지도 않고 가버렸으니 없겠지……. 이거 봐."

그녀는 마지막으로 품속을 확인하는 것으로 자기에게 초대장이 없다는 것을 분명히 보였다. 결국 상관소혜가 아는 건 자기가 아무것도 모른다는 사실뿐이었다.

하지만 그렇다고 가만히 있을 수는 없었다. 상관소혜는 용봉회에 참석하고 싶어서 안달이 났고, 양유도 군하경 때문에라도 용봉들을 찾긴 해야 했다.

둘은 이 드넓은 소호변에서 우연히 용봉들과 마주치는 일이 일어나기를 기대하며 호수를 돌았다. 그러나 기대란 그게 벌어지기 힘들기 때문에 하는 것이고, 그렇기 때문에 그러한 일은 일어나지 않았다.

벌써 한 시진이 지났는데도 용봉은커녕 사람 한 명 보이지 않았다. 어느덧 물안개가 걷히고 시야가 밝아져 왔다. 문득 시간의 흐름을 느낀 상관소혜가 말했다.

"이게 대체 뭐하는 짓이야? 가도 가도 물밖에 없고. 후기지수들은 어딨냐고?"

"그걸 나한테 묻는다 해도 알 리가 있나?"

"그럼 네가 알아야지 누가 알아? 난 아무것도 모르고, 너는 날 데리고 온 사람이니까 당연히 네가 알아야 하는 거 아냐?"

"내가 언제 널 데려왔지? 네가 따라온 것 아닌가?"

두 사람은 책임 소재를 두고 티격태격했다. 상관소혜의 동행이 능동적으로 일어난 일인지, 피동적이고 의사

없이 된 것인지 따지는데, 사실 이건 상관소혜가 억지
를 부리는 것이었다.

하지만 둘밖에 없으니 누가 판정을 내려줄 수도 없
고, 의미 없는 말싸움만 지속되었다.

그러던 중 양유의 눈에 새로운 풍경이 들어왔다. 푸
른 호면과 이를 둘러싼 산과는 다른 인공물이었다.

양유가 말을 멈추고 그쪽을 보자 상관소혜의 시선도
자연 그리로 향했다.

"저게 뭐야?"

발을 재게 놀려 가까이 가보니, 그건 삼 층 높이의
전각이라는 것을 알 수 있었다. 지붕의 좌우 끝이 버선
코처럼 올라가 있고, 기와는 화려한 붉은색이다.

"주루인가 본데?"

"주루?"

양유의 말에 상관소혜는 뭔가가 생각난 것 같았다.

"용봉회 장소도 무슨 주루이긴 했어."

양유는 그 주루의 상호가 뭐였냐고 물었다.

그녀는 당연한 듯⋯⋯.

"모르지. 한 번 본 걸 어떻게 기억해?"

말하는 것이었다.

양유는 이미 상관소혜의 성향을 아는 터라 그러려니 했다.

더 가까이 다가가 보니 역시 주루가 맞았다. 현판에 쓰인 글씨를 양유가 읽었다.

"장흥루. 이거 기억하겠어?"

"모른다고 했잖아. 그만 물어!"

"음……."

상관소혜가 모르는 것을 탓할 수는 없었다. 거대 괴인만 아니었더라면 수행원들이 다 알아서 모시고 왔을 것 아닌가. 마문이 반백 년 만에 재등장한 탓에 자기 수행원들이 전멸하리라는 것까지 고려할 수는 없는 일이었다. 그러니 장흥루든 홍장루든 상관소혜에게는 아무 의미가 없는 것이다.

양유는 더 말하는 것을 포기하곤 장흥루 안으로 걸음을 옮겼다.

호반에 위치한 주루는 소호에 오는 향락객들을 대상으로 하는 곳이라 호화스럽기 그지없었다. 출입구부터 주단이 깔렸는데, 내부로 들어가도 쭉 이어져 있었다. 푹신한 바닥을 밟으며 계속 걸어갔다. 좌우로 식탁이 쫙 깔려 있고 손님 맞을 준비도 다 되어 있는데, 앉아 있는 사람이 한 명도 없었다.

보기보단 장사가 안 되나 보다 생각하며 계속 걸었다. 그런데 일층을 다 지나 계단에 이르기까지도 아무도 없으니 이건 이상했다. 점원이라도 와서 손님을 맞아야 하는 것 아닌가. 이런 데는 원래 호객으로 먹고사는 법이다. 밖을 지나는, 손님일지 아닐지도 모르는 인간들도 반가이 대하는 게 주루 점원들인데, 하물며 안까지 들어온 사람에게 왜 이리 무신경한지…….

양유는 일단 누구라도 만나기 위해 이층으로 올라갔다. 이층에도 역시 사람이라고는 머리카락 하나 보이지 않았다. 한 층 더 오르자 양유는 상당히 이상한 광경을 목격할 수 있었다.

삼층으로 들어서자마자 중앙에 놓인 거대한 탁자가 보이는데, 탁자 다리가 수십 개가 넘는 것을 봐서는, 이게 더욱 작은 탁자 여럿을 한데 붙이고 그 위에 식탁보를 덮어 마치 하나처럼 보이게 한 것이라는 것을 알 수 있었다.

그런 대식탁 위에 온갖 산해진미가 쌓여 있었다.

"음……."

양유는 여기서 몇 개는 요리 이름을 맞출 수 있었다.

하지만 그건 정말 고작 몇 개일 뿐이고, 대부분은 알지 못해서 누가 저게 뭐냐고 묻는다면 식재료와 조리법을 조합해 칭하는 가장 단순한 방식, 닭튀김이라든지 구운 돼지라든지… 그렇게 얼렁뚱땅 대답할 수밖에 없을 것이었다. 또한 나머지 중 몇몇은 대체 뭘로 만들었는지 추측조차도 불가능할 지경이었다.

하지만 이상하다는 건 그 부분이 아니었다. 주루에 음식이 있는 건 당연한 것이다. 그러나 성찬이 차려져 있는데도 먹을 사람은 하나도 안 보이는데… 거기서 조금 이상해지는 것이고, 시중들 이도, 음식을 차린 이도 역시 코빼기조차 볼 수 없는데… 이쯤 되면 진짜 기이해진다. 어쨌든 음식이 있으면 이걸 만든 사람이 있어야 했다.

양유는 구석구석을 돌아다니고 여기저기 들춰보기도 하면서 누구라도 좀 찾아서 이게 지금 무슨 상황인지 물어보려고 했다. 그러나 결국 아무도 못 찾았다.

"치사하게 혼자 가버리고, 뭐야!"

상관소혜였다. 그녀도 양유와 똑같은 과정을 거쳐 거기까지 생각이 이른 것이었다. 상관소혜는 더 쏘아붙일 참이었는데 사람은 없는 중에 성찬만 차려져 있는 이곳 상황이 그녀가 보기에도 이상하다 생각되는지 지금 화난 건 잠시 잊고 양유에게 물었다.

"왜 아무도 없어? 저것들은 뭐고?"

"글쎄……."

양유는 식탁으로 다가가 음식 하나를 집어 들고 입에 넣었다.

"그건 또 왜 먹어! 독 같은 게 들어 있으면 어쩌려고."

하지만 양유는 개의치 않고 몇 번 더 같은 짓을 했다.

"아주 맛있군. 차가운 게 흠이지만."

"그게 뭐 어쨌다는 거야?"

"몇 가지는 알 수 있지. 우리가 며칠이나 늦었지?"

상관소혜는 그래도 용봉회에 참석해야 할 날짜는 기억했다.

"아마 하루 정도?"

"이것들도 만든 지 하루는 된 것 같군. 아마 여기가 용봉회가 열리는 장소가 아니었을까?"

"그걸 어떻게 알아? 단지 음식이 식었다는 이유만으로?"

차려진 음식의 양이나 가짓수, 또 들어간 정성이나 비용 같은 것을 헤아려 보면, 여기서 용봉회가 열린다 해도 이상할 것은 없었다.

하지만 용봉들만 연회를 열라는 법은 없지 않은가.

상관소혜는 양유가 왜 이리 확언하는지 이해를 하지 못했다.

그러나 양유도 그쯤은 생각하고 있었다. 목소리를 낮추고 상관소혜에게 말했다.

"그게 아니라면 정체불명의 인간들이 우리 뒤를 밟을 리가 없거든."

"뭐?"

"쉿!"

양유가 손가락을 들어 올리자 상관소혜는 일단 입을 다물고 가만히 있긴 하는데, 대체 뭐하는 건가 하는 표정이었다.

양유가 속삭였다.

"하나, 둘…… 전부 다섯이군. 모두 무림인이고. 지금 여기로 올라오고 있어."

상관소혜가 귀를 기울여 봤지만, 아무 소리도 안 들렸다. 하지만 양유가 장난으로 그러는 것 같지는 않아서 어쨌든 숨을 죽였다.

"이제 바로 아래까지 왔군."

양유가 식탁 아래를 가리키더니 손짓을 했다.

상관소혜는 그 행동이 의미하는 바를 이해하지 못했다.

"그게 뭐?"

결국 양유는 식탁보를 들추고는 여기 숨으라고 말했다.

그에 상관소혜는 질겁하며 뭐하는 거냐고 화내 물었다.

양유가 말했다.

"저 인간들이 호의를 가지고 왔다면야 상관없지만, 만약 아니라면 어떡할 건데? 널 등 뒤에 두고 싸울까? 아, 앞에다 두고 방패막이로 쓰면 되겠구나. 놈들이 아무리 흉악하다고 해도 설마 무공도 없는 아녀자를 찌르겠어?"

양유는 상관소혜를 끌어당겨 자기 앞을 막는 시늉을 했다.

그러자 상관소혜는 탁 손을 뿌리치곤……

"알았어, 알았다고!"

식탁 아래로 기어 들어갔다.

양유는 그렇게 그녀를 숨기곤 층계참으로 가 올라오는 이들을 맞았다.

그들은 한 무리의 청년들이었다. 다섯 젊은이가 우르르 올라오다가 양유를 보더니 다짜고짜 외쳤다.

"웬 놈이냐!"

양유는 좀 주객이 전도되었다는 느낌을 받았다. 갑자

기 나타난 건 이 인간들이다. 오히려 자기가 할 말 아닌가. 그러한 뜻을 그들에게 전달했다.

"뭐라는 거지? 밝히지 못하는 것을 보니 마문도렷다!"

"어째서 그런 식으로 결론이 나지?"

양유는 어이가 없었지만 이들이 이렇게 나오는 것을 보니 마문 쪽 사람들은 아니리라 생각되어 자신은 마문과 관계가 없음을 차근히 밝혔다. 하지만 그들은 양유를 믿지 않았다.

"구차하게 아닌 척하는 것을 보니 고작해야 마문의 졸개 정도겠군. 부끄럽지도 않느냐?"

뭔 말을 하든 무조건 마문도로 몰아세우는 것이다.

양유는 어이없어 하며 그들에게로 한 발짝 다가갔다.

"뭐, 뭐하는 짓이냐!"

맨 앞에 선 청년이 움찔하며 검을 뽑았다. 양유가 발을 떼자마자 허리춤으로 손이 가고 검이 빠져나오는데, 평소 수련의 결과인지, 아니면 극도의 긴장이 이루어낸 쾌거인지 발검이 그렇게 빠를 수가 없었다.

양유는 손을 들어 올려 왜 이러냐고 말하려 하는데, 이 청년은 그 또한 공격 의도로 받아들여 반사적으로 검을 휘둘렀다.

"아니, 내가 뭘 했다고?"

항변해 보지만 청년은 계속 공격해 왔다.

양유는 몸을 피하다가 하는 수 없이 반격했다. 청년의 검술은 번개 같은 발검 실력, 그리고 득달같은 공격 본능에 미치지 못했다. 양유가 적당히 반격하자 그의 공격은 이내 맥을 잃었다. 검로가 막히니 마음이 급해지고 자연 손발이 어지러워졌다.

"합세하자!"

상대가 안 된다는 것이 명백해지니 다른 청년들도 검을 뽑아 들고 양유에게 합공을 퍼붓기 시작했다. 그냥 손만 들었을 뿐인데, 이게 집단 난투극으로 발전하고 말았다.

사방에서 검이 날아들었다. 다섯 개의 검이 촘촘한 궤적을 그렸다. 그 중심에 선 양유는 웬만해선 순식간에 썰리고 꿰여 버릴 듯했다.

이들이 그러는 동안, 상관소혜는 식탁 밑에서 숨을 죽인 채 한동안은 고개도 들지 않고 있었다. 그런데 갑자기 우당탕탕! 하는 소리가 나고, 무수한 발소리와 쉭쉭, 하는 파공음이 들리니 호기심이 생겨 식탁보를 걷고 고개를 빼꼼 내밀어보았다.

그런데 양유는 검에 포위된 형국, 당장 목이 뎅겅 날아가도 이상할 게 없어 보였다. 매 초, 매 초가 생과 사가 판가름 나는 초급박한 순간이라 느껴지는데, 지금까지는 어찌어찌 잘 버티고 있었다.

하지만 그게 언제까지 계속될 수 있을까.

그녀는 차마 못 보겠다는 듯이 눈을 감았다가 그래도 궁금하여 다시 떴다가 또다시 감고, 그를 반복하며 손에 땀을 쥐었다.

아무튼 지금까지는 모두 양유 생(生)이라는 결과가 나왔다. 그런데 청년들이 각오한 듯 서로 눈짓을 주고받더니 있는 대로 기운을 쏟아부어 최후의 일격을 준비하는 게 아닌가. 이번엔 어쩔 수 없이 사(死) 쪽으로 추가 기울어질 것만 같았다.

"한 번에 가자! 이야아아압!"

먼저 나섰던 청년이 외치자 다섯 명 모두가 양유를 향해 한꺼번에 달려들었다. 검기로 충만한 검날 다섯 개가 양유의 몸으로 빨려 들어가는 것처럼 보였다. 곧이어 참상이 벌어질 듯하니, 상관소혜는 견디지 못하고 자신도 모르게 소리쳤다.

"악!"

사실 보이는 것만큼 상황이 나쁘지는 않았다. 양유는 일부러 아슬아슬하게 피하고만 있었다. 청년들이 총공격을 해왔지만, 그 역시 큰 위협은 되지 않았다.

검망에서 유유히 벗어날 때쯤 상관소혜의 비명이 울려 퍼졌는데, 가까이 있던 청년이 그에 반응했다.

"누구냐!"

청년이 식탁보를 들추자 두려움으로 떨리는 상관소혜의 눈망울과 그의 눈이 마주쳤다. 청년 또한 놀랐다. 웬 아리따운 여자가 숨어 있는 것이다. 청년은 어찌해야 할지 몰라서 멍하니 그녀를 보는데, 갑자기 그가 앞으로 쿵, 쓰러졌다.

그다음으로 들리는 건 양유의 음성.

순식간에 다가와 청년을 제압하고 탁자 밑으로 얼굴을 들이밀었다.

"가만히 있는 것도 못해?"

"걱정돼서 그랬다! 왜!"

"흠······."

양유가 미심쩍다는 듯 그녀를 보았다.

상관소혜가 외쳤다.

"미쳤어? 뭐, 뭐!"

청년 둘이 검을 세우고 양유의 등 뒤로 돌진해 왔다. 양유가 귀찮다는 듯 손을 휘저으니 거센 장력이 발산되어 한 청년을 날려 버렸다. 먼저 다가든 청년이 바람막이 역할을 하여 뒤쪽에 있던 청년은 장력의 영향을 덜 받았으나, 당황하는 사이에 양유가 그의 코앞까지 접근했다.

"어?"

정말 '어?' 라는 말밖에는 나오지 않았다.

보기보다 대단한 놈이었군, 생각하며 숨을 고른 뒤, 맞대응하기 전 정신을 집중하는 그 순간인데, 이미 양유는 청년을 조롱하듯 공간을 비집고 들어와 손가락을 뻗고 있었다.

중지 끝이 점차 커지는 게 보였다. 이게 자기 몸에 닿으면 끝장이라는 걸 알고 있지만, 청년은 이 시각 정보를 받아들이고 해석하는 것만으로도 벅찼다. 대응하려면 시간이 좀 필요한데, 양유는 여유를 주지 않고 바로 청년의 혈도를 찍어버렸다.

"음, 두 명 남았군."

세 명째인 청년은 마혈이 찔려 굳어 넘어지는 참이었는데, 양유는 가볍게 받아 옆으로 치워 버리곤 손을 탁탁, 털었다.

남은 청년들은 그 모습에 기가 질렸다. 방금 보인 무위도 놀랍지만, 마치 동네 마실 나온 듯, 별거냐 말하기라도 하는 것처럼 간단히 해낸다는 게 더 어이가 없었다.

양유는 남은 둘을 번갈아 보며 누구부터 처리할까 잠깐 고민하는 듯하다가 문득 계단 아래로 고개를 돌렸다. 누군가가 이리로 황급히 올라오고 있는 것을 느꼈기 때문이다.

불청객이 또 오나 싶어 시선을 고정하는데, 곧 모습이 드러났다.

"음?"

등장한 남자는 양유가 아는 사람이었다. 양유야 줄곧 그쪽을 보고 있었으니 그가 누구인지를 바로 알았지만, 남자는 다른 데 신경을 쓰느라 미처 양유를 보지 못한 듯했다.

그는 올라오자마자 불같이 화를 냈다.

"내가 언제 너희 마음대로 행동하라고 했지?"

청년들의 얼굴이 사색으로 변했다. 남자는 이어 양유를 보았는데, 그의 눈에 이채가 스치던 차에 두 청년이 항변하듯 소리쳤다.

"하지만 저놈은 마문의 졸개입니다! 정파인으로서 어

찌 가만있을 수 있겠습니까?"

남자는 허허 웃었다. 그가 말했다.

"그래? 그럴 수밖에 없었다, 이거지……."

"예……."

"그런데 내가 뭐라고 했지? 분명히 절대 움직이지 말고 그 자리에 있으라고 하지 않았던가? 대체 '절대'라는 말의 어느 구석에 애매한 부분이 있기에 마음대로 타협점을 찾은 건지 나로서는 이해를 못하겠다."

청년이 변명하듯 말했다.

"하지만 마문 놈을 어떻게 가만둡니까?"

"그래, 내가 절대 움직이지 말라고 했던 것은… 마문도고 뭣이고 간에 꼼짝 말고 그 자리에들 있으라고 한 말이지만, 너희의 의협심이 너무 강해 내 말을 개무시할 정도까지 될 수도 있는 거라 생각하고 넘어가 준다고 치자."

남자는 양유 쪽을 보며 계속 말했다.

"그런데 이 사람이 마문도인지는 대체 어떻게 알았다는 거지? 마문이라고 얼굴에 쓰여 있나?"

그는 양유의 얼굴을 이리저리 뜯어보았다.

"그런 건 전혀 없잖아? 나이대도 나하고 비슷하

고…… 어딜 봐도 마문도 같은 데는 없는데?"

"원래 진짜 악인은 자신의 악함을 드러내지 않는 법입니다. 지금까지 사파의 위장에 얼마나 많이 속았습니까? 그런 실수를 더 반복할 수는 없죠."

"그러니까 네가 어디서 심안(心眼)을 단련해 왔다, 이 말인데……."

"그런 건 아닙니다만……."

"아니, 아니지. 까마득한 선배님들부터 시작해서 멍청한 우리까지, 정파는 항상 사파에 속고 또 속아왔지. 그런데 갓 출도한 너희가 이미 우리 수준을 뛰어넘었다고 한다면, 그건 정말 대단한 성취 아니겠어?"

남자는 이제 대놓고 비아냥거렸다.

양유는 좀 제지할 필요를 느꼈다.

"그만하시죠, 석 형."

"음……."

양유가 석 형이라고 부른다면 그 대상은 한 사람밖에 없었다. 양유의 좁디좁은 인간관계를 생각하면, 아는 사람 중에 석 씨가 두 사람 이상 있기나 할까 의문이 들 정도였다. 그 정도의 친밀한 호칭을 붙이는 것을 보면 남자는 오직 한 사람, 석상현일 수밖에 없었다.

못 본 사이에 별로 달라진 데는 없었다. 사실 그때 이후로 그리 오랜 시간이 지나지도 않았다.

"양 형이 그렇게 말하니……."

양유는 석상현과 재회한 지가 고작 몇 달이지만 그에게 있어서 양유는 근 이 년 만에 나타난 것이나 마찬가지였다. 어쨌든 반가움이 먼저라 인상 쓰던 얼굴을 풀고 그제야 양유를 마주하고 보았다.

그가 말했다.

"도대체 그동안 어디서 뭘 하고 있던 거요?"

"뭐, 여기저기서 여러 가지로 일이 많아서……."

"흠……."

석상현은 좀 미심쩍다는 듯 양유를 보았다.

"일이 많아서 양 형이 왕성하게 활동했다면 몇 다리 건너서 소식이라도 들을 수 있었겠지. 하지만 지난 이 년간 양 형은 흔적도 없이 사라졌잖소?"

"음, 뭐……."

그러나 그는 계속 캐묻지는 않았다.

"아, 이럴 때가 아니지. 이 일은 일단 내가 사과하리다. 요즘 애들 공명심이 어찌나 지나친지 뭐라도 건수가 생기면 앞도 뒤도 안 보고 달려든다오. 나 때만 해도 저러지는 않았는데."

그건 굉장히 진부한 소리였다. 지금 세대는 바로 전 세대에게 이 말을 인이 박히도록 들었을 것이고, 전 세대는 그 이전 세대에게, 또 그 세대는 그전의 세대에게…… 무슨 유산처럼 내려오는 것인데, 석상현도 그게 엄청 고리타분해 보일 수가 있다는 것을 아는 듯했다.

"이건 정말이오. 공적을 쌓으려고 어찌나 혈안이 되어 다투는지, 한 내년쯤 은퇴할 것처럼들 저런다니까? 창창해도 보통 창창한 게 아닌 놈들이."

이들이 이러고 있으니 청년들에게 몇 가지 확실해지는 사실은, 두 사람이 아는 사이라는 것이고, 그것도 보통 아는 사이 정도를 넘어 꽤 친해 보인다는 것이었다. 그러니 갑자기 식은땀이 솟았다. 헛다리를 짚어도 보통 짚은 게 아닌 것이다.

멀쩡히 서 있는 청년들은 할 말을 잃은 채 어찌할 줄 몰라 했고, 패대기쳐졌던 청년들은 주섬주섬 일어나서는 고개를 숙였으며, 점혈당한 청년은 몸이 굳은 채로 눈만 데굴데굴 굴릴 뿐이었다.

양유가 가서 혈도를 풀어주었다.

그가 비척비척 일어나 일행에게로 다가가 다시 다섯

명이 모였으나 아까의 기세는 온데간데없고, 그들은 양유와 석상현의 눈치만 보았다.

석상현이 말했다.

"아, 그런데 여기는 대체 어쩐 일이오? 제일 중요한 걸 안 물었군."

그 말에 양유는 식탁으로 걸어가 몸을 숙이곤 밑에다 대고 말했다.

"이제 안전해. 나와도 돼."

손을 내미니 상관소혜가 잡고 식탁 밖으로 나왔다.

석상현이 놀라 물었다.

"저 소저는?"

"음, 상관소혜라고, 상관세가에서 내놓은 소저인데……."

"내놓아? 이게!"

상관소혜가 빽! 소리를 질렀다.

지금 양유는 세가의 종복이던 때와는 완전히 다르다는 것을 알고는 있지만, 그렇다고 해도 이건 너무 심하지 않은가.

오히려 석상현이 무안해져 흠흠, 헛기침을 했다.

"양 형, 말이 너무 심하지 않소?"

"음?"

"그런데 상관 소저라면… 이번에 처음 용봉으로 초대받은 분 아니오?"

상관소혜가 대답했다.

"맞아요."

그녀가 자기와 같은 용봉이라는 것을 알게 되자 석상현은 간단히 자신을 소개했다.

그러나 석상현의 무림박사라는 칭호는 꽤 알려지긴 했지만, 이 후기지수 모르면 무림인 아님! 이런 얘기가 나올 정도는 아니었고, 또 상관소혜는 무림에 아주 큰 관심은 없었기 때문에 이 남자가 자기를 석씨세가의 석상현이라고 알려주는데도 딱히 뭐라 할 말이 없었다.

석상현은 계속 말했다.

"그래도 잘 오셨군. 손님 접대가 꼴이 말이 아니었지만, 여기까지 무사히 오신 것만으로도 다른 이들에 비하면 운이 좋다고 봐야 하오."

"그게 무슨?"

"음, 이렇게 된 이상 다 말하는 것이 맞겠지. 소저는 용봉이니 당연히 알 권리가 있고, 양 형은 믿을 수 있으니."

석상현은 침을 꿀꺽 삼켰다. 부드러웠던 그의 표정이 삽시간에 굳으며 순간 공포 비스무레한 감정이 스쳐 가는 것 같았다. 그가 주먹을 꽉 쥐며 천천히 입을 열었다.

"마문, 마문이 나타났소."

하지만 그건 양유도, 상관소혜도 다 아는 사실이었다.

"그래서요?"

상관소혜는 어디 변방에서 무명소졸이 출두한 얘기를 듣기라도 한 것처럼 반응했다.

석상현이 좀 어이없어 하며 양유를 보는데, 양유 역시도 마찬가지의 태도가 아닌가.

마문이라는 두 글자를 꺼내기가 어찌나 어려웠던지!

하지만 이 두 사람은 그런 건 안중에도 없는 것처럼 보였다.

그에 석상현은 답답해하며 소리를 높였다.

"내가 혹 장난치는 것처럼 보이오?"

양유는 그렇지 않다고 했다.

더없이 진지해 보이는데 장난은 무슨 장난.

"아니. 양 형은 아직도 내 말을 못 믿는 것 같소. 하지만 모든 마의 원류, 그 마문이 다시 무림에 나타났단 말이오. 이건 분명한 사실이오!"

석상현은 거의 짜증을 내는 듯 보였다.

양유는 그의 오해를 풀어줘야 할 필요를 느꼈다. 그는 이미 자신이 마문이 발호했다는 사실을 알고 있다는 것을 말해야 했고, 그러려면 또 상관소혜가 납치된 일까지도 같이 연결 지어 설명해야 하는데, 뭘 어떻게 풀어야 하나 잠깐 생각하는 중에 상관소혜가 말했다.

"우리도 알아요. 그 마문인지 하는 곳에서 나온 미친 놈한테 납치당했는데 이 인간이 구해줬으니까요."

"그게 정말이오?"

"제가 장난치는 것처럼 보여요?"

"아니, 아니오. 그나저나 양 형도 대단하군. 양 형의 실력은 익히 알지만, 진짜 괴물 같은 놈들이었는데……."

양유가 대답했다.

"뭐, 별거 아니었소. 듣자하니 석 형과 저자들도 마문도를 만났던 것 같은데, 무사히 여기까지 온 걸 보면 어찌 되었든 싸워 이겼다는 것 아니오?"

"그렇지 않소……."

석상현은 부르르 몸을 떨었다. 분노인지 두려움인지, 그 모습만 봐서는 알 수 없지만, 흔들리는 눈동자를 보면 명백했다.

"싸워 이겨? 솔직히 천운이었다 생각하고 있소. 우리가 그래도 젊은 축에서는 꽤 한다고는 하지만, 진짜 고수들 앞에서는 아무것도 아니라는 걸 똑똑히 깨달았지. 개처럼 도망쳐 약속 장소로 왔지만, 여기까지 무사히 온 것은 우리 여섯뿐, 더는 없었소. 또 누가 오지는 않을까, 혹여 마문 놈들이 온다면 뭔가 실마리라도 얻을 수 있지 않을까 멀리서 지켜보았는데, 그때 나타난 게 양 형. 마문 고수한테는 빌빌대던 놈들이 양 형은 우스워 보였는지 좋다고 뒤따라가고, 그래놓고 이 꼴로 뒹굴고 있는데 내가 화가 안 나게 생겼소?"

그는 다시 열화가 치미는지 청년들을 노려보았다.

그들은 그제야 목도 좀 펴고 숨도 흠흠 제대로 쉬는 참이었는데 석상현이 이러니 또 움츠러들었다.

"휴, 말을 말아야지. 나라고 뭐 저놈들한테 뭐라 할 자격이 있겠소?"

양유는 석상현이 말을 끝낼 때까지 듣고만 있다 그제야 물었다.

"생각보다 상황이 안 좋군."

"상관 소저도 습격을 받았다는 것으로 봤을 때, 마문이 용봉 모두에 손을 뻗친 게 맞는 것 같소. 물론 우리처럼 무사히 빠져나온 용봉들이 있을 수는 있겠지. 여기 오는 대신 자파로 돌아갔을 수도……."

그러나 그것은 희망 사항일 뿐이다. 그의 표정에서 헛된 희망이라는 것을 읽을 수 있었다.

"남들이야 어찌 되든 상관없소. 군하경은?"

"나라고 그녀가 어떤 상황인지 알 수 있겠소? 잡혔거나 잡히지 않았거나 탈출했거나 셋 중 하나이겠지."

"음……."

군하경을 생각하면 철검성이 떠오르고, 결국 잊고자 했던 과거가 스멀스멀 기억난다.

상관소혜가 불쑥 물었다.

"군하경이 누구야? 혹시 연인?"

양유에게서는 말이 없어 석상현이 대신 대답했다.

"그녀는 철검성주의 무남독녀요. 양 형과는 친분이 있는 것 같은데, 나로서도 도통 무슨 관계인지 모르겠소."

"철검성? 거기 되게 큰 문파 아닌가요?"

"그렇소."

"저희 세가하고 비교하면 어때요?"

이 상황에 그런 걸 왜 묻는지, 뜬금없지만 석상현은 대답해 주었다.

"나도 세가의 일원이지만, 아무래도 단일 세가는 거대 문파에 견주면 떨어지는 게 사실이오. 거기다 철검성은 삼성 중에서 첫째, 둘째를 다투지, 절대 말석으로 꼽히는 일은 없으니."

"그래요? 음……."

두 사람이 대화를 나누는 동안 양유는 계속하여 상념에 잠겨 있었다. 옛일을 떠올리니 가슴이 콱 막히는 것 같고, 다시금 울분이 폐부까지 파고드는 듯했다.

과거에 연연하는 건 어리석은 일이지만, 그걸 알면서도 거기에 빠져드는 게 사실 자연스러운 것 아닌가.

더욱이 스승은 잊지 말라는 듯 낙인까지 남기고 갔다.

호시탐탐 주도권을 노리는 정체불명의 기운.

그런 것도 있기 때문에 더더욱 양유는 과거에서 자유로울 수가 없었다.

"왜 그래?"

상관소혜가 묻자 양유는 아무것도 아니라고 했다.

그는 석상현에게 말했다.

"어떻게 해야 그녀를 구할 수 있겠소?"

"구하다니? 양 형 혼자서 말이오?"

"여기 누가 또 있소? 저 인간들이 날 도와줄 것 같지는 않군. 돕는다 해도 도움이 될 것 같지도 않고."

석상현은 양유에게 일단 좀 침착해지자고 했다.

지금 심정은 이해한다. 하지만 마음만 앞서서는 아무것도 되지 않는다고 충고했다. 마문이 미운 것은 사실이나 적은 강대할 뿐만 아니라 치밀하기까지 했다. 용봉회가 뭐, 아주 극비리에 열리는 행사는 아니지만, 참여할 용봉의 신상을 모두 파악하여 도중에 족족 납치한 것. 그건 보통 역량으로는 꿈도 못 꿀 일이었다.

이런 적을 상대로 일개인이 대체 뭘 하겠나. 이는 무림 전체가 나서야 할 일이니 혼자서 뭘 해결하려고 하기보다는 거기에 조금이라도 보탬이 되는 일을 하는 것이 합리적임을 역설했다.

양유는 간단히 일축했다.

"무림에 도움이 될 생각 없소. 군하경만 구하면 그뿐이오."

"그건 진짜 섶을 지고 불속으로 뛰어 들어가겠다는 건데……."

"뛰어도 내가 뛰는 것 아니겠소? 부탁이니 무림박사의 머리를 좀 빌려주시오."

"음, 하지만 나라고 뭐 별수 있겠소?"

그 말대로 진짜 뾰족한 수가 없는 듯 보이지만, 그렇다고 포기할 양유가 아니었다. 석상현은 결국 도와주겠다고 할 수밖에 없었다.

"으음, 생각해 봅시다. 단서가 너무 없으니 몇 가지 과감한 가정과 비약이 필요하오. 양 형이 만약 용봉들을 납치했다고 한다면… 그들을 모아놓겠소, 아니면 각각 멀리 떨어진 다른 장소에 가두겠소?"

"떨어뜨려 놓을 것 같지는 않소."

"나도 그렇게 생각하오. 너무 비효율적이지. 물론 여러 군데로 분산시켜 위험을 줄일 수도 있을 테지만, 그들이 아무리 철저하다 한들 그 정도까지 할 여력이 있었을까? 하면 아니라고 보기 때문에……."

석상현은 계속 말했다.

"이번 용봉회는 남궁가에서 주최하는 만큼 성대하게 열릴 예정이었소. 그래서 지금까지는 참여하지 못했던 후기지수들도 용봉이 될 수 있었지. 아마 잡혀간 용봉의 수가 족히 쉰 명은 될 거요. 이들을 장기간 수용할 수 있는 데가 어디 있을까?"

"마도 문파?"

"바로 그렇소. 마문은 모든 마의 조종(祖宗). 추종

세력이 있는 건 어찌 보면 당연하겠지. 안휘성 내에 마도 문파가 아마……."

석상현은 지그시 눈을 감았다. 그의 머릿속에 지도가 하나 그려지고 거기에 점이 하나씩 찍혔다. 더는 추가할 게 없자 마침내 그가 눈을 떴다.

"아주 많지는 않지만, 그래도 좀 되는군. 하지만 아직 몇 번 더 걸러볼 수 있소."

"어떻게?"

"신의마문이오. 신의마문은 여타의 삼대마문과는 달리 마문과 관련성이 거의 없지. 또한 그들은 밑바닥부터 그 자리까지 올라왔는데, 갑자기 마문이 나타나서 무림의 패권을 잡는다면 꿔다놓은 보릿자루 신세가 되지 않겠소? 마문을 거역하지는 않겠지만, 적극적으로 도와줄 리도 없을 것 같소. 그러니 신의마문과 관계된 문파는 제할 수 있소."

"그럼 그런 문파가 몇이나 되오?"

석상현은 아직 끝이 아니라고 했다.

"가장 먼저 제쳐야 할 것을 빼먹었군. 아무리 마문 놈들이 간이 크다 해도 남궁가의 코앞에다 후기지수들을 놔두진 않을 것이오. 그러면 소호 이북으로 범위를 한정할 수 있지. 또 마도 문파라 해서 아무나 될 것도 아니니, 나름 규모도 있어야 할 것이고…….”

그는 곧 답을 내놓았다.

“여섯…… 아니, 거긴 간판 내린 지 좀 됐군. 모두 다섯이오. 여기서 더 추릴 수는 없소.”

석상현은 다섯 문파의 이름을 우선 말하고, 각각 안휘성 어디에 붙어 있는지를 설명해 주었다.

“뭐, 어떻게든 해볼 수 있겠군. 정말 감사하오.”

“흠, 내가 잘못하고 있는 거 아닌가 모르겠소. 이것도 단지 추측일 뿐이고.”

양유는 손을 내저으며 전혀 그렇지 않다고 했다. 만약 저 모두를 뒤졌는데도 군하경을 찾지 못했다 해도 당신을 탓할 생각은 없다 말하며, 그 과정에서 무슨 일을 당한다 해도 이는 자신이 감수해야 할 부분이라고 덧붙였다.

“정 그러면 어쩔 수 없군. 행운을 비오. 우리는 우리대로 거들 방법을 찾아보겠소. 상관 소저에 대해서도 걱정하지 마시오. 안전히 집으로 모셔 드릴 테니.”

“아, 그건 아무래도 좋소. 여기까지 같이 온 것으로 약속은 다 지킨 거니까. 그럼 가보겠소. 한시가 급하오.”

양유는 마지막으로 상관소혜에게 눈길을 주었다.

아무래도 좋다는 말이 거슬린 것일까?

그녀는 악담을 했다.

"콱 죽어버려라!"

"내가 명이 좀 질겨서 과연 그렇게 될지는 모르겠군."

"그런 무모한 짓을 하다니, 그러면 멋있어 보이는 줄 알지? 아니, 그건 그냥 멍청한 짓일 뿐이야!"

"언제부터 그렇게 상식적인 사람이 됐지? 음, 말싸움할 시간도 없군. 석 형, 상관소혜, 그리고 나머지 인간들, 무사히 귀환하기를 바라고… 그럼 이만."

양유는 계단까지는 천천히 걷다가 갑자기 휙 몸을 내던졌다.

주루를 빠져나와 땅을 밟자 이제 본격적으로 속도를 냈다.

운무를 뚫고 달리며 양유는 생각했다.

철검성 사건 이후로 자신은 과거와의 완전한 단절을 선언했다. 광억과 얽힌 장소, 사람… 아니, 모든 것이 싫었고, 더는 볼일이 없기를 바랐다. 하지만 지금 자신은 군하경에게 달려가고 있지 않은가.

단절은 무슨.

그건 애초에 불가능했다. 모든 것을 내팽개치고 홀가분해지기 위해 떠났다고 생각했지만, 이렇게 되면 그게 그저 도주, 회피에 불과한 것이 되고 마는 것 같았다.

그러나 그렇다 해도 발길을 돌릴 수는 없었다.

군하경을 그 미친 마문도들에게 잡힌 채로 둘 수는 없었다!

누가 뭐라 하든 지금 가장 중요한 것은 바로 그것이었다. 양유는 결론이 나자 상념을 접고 달리는 데에만 집중했다.

29장 재회

"요즘 왜 이리 저조해?"

철마방 방주 거력철군 전창희는 키가 여덟 자가 넘었고 몸집은 황소만 했다. 손을 쫙 펴면 솥뚜껑만 하고 주먹을 쥐면 바윗덩어리처럼 보일 정도였다. 우락부락한 외모로는 근방에서 따를 자가 없는데, 성격 또한 폭급해서 말보다 주먹이 앞서는 때가 더 많았다.

"뭐가요?"

조방은 그래도 전창희 앞에서 말발을 좀 세울 수 있는, 몇 안 되는 사람이었다. 전창희 옆에 서면 고목에 붙은 매미처럼 보일 정도로 작고 볼품없는 체격의 사내이지만, 그는 전창희에게는 없는 게 있었다. 바로 머리가 잘 돌아간다는 것이었다. 계산이 빠르고 이재에 밝아 방파 운영에 큰 역할을 하고 있었고, 철마방의 대외적 행보 또한 그의 판단에 의해 결정되는 때가 잦았다.

"뭐긴 뭐야, 돈이지! 금고가 휑한데, 이게 어떻게 된 일이지?"

전창희가 눈을 부라리자 조방은 찔끔하며 최대한 눈을 마주치지 않으려 했다. 사실상의 결정권자가 자신이고, 방주는 뇌 주름이 덜 꼬여서 거의 허수아비나 다름없다 하더라도 그는 무서웠다. 수틀리면 에미, 애비도 충분히 몰라볼 인간이라는 걸 알기 때문에 조방은 빨리 머리를 굴렸다.

"하하, 최근 지출이 좀 많지 않았습니까. 손님 모신다고 준비 엄청 했던 거 기억 안 나십니까?"

"물론 그랬지."

전창희의 얼굴이 좀 풀리는 것처럼 보였다.

조방은 여세를 몰아 계속 말했다.

"그뿐만이 아닙니다. 손님들이 본 방에 오셨을 때, 그분들에게 또 우리의 성의를 보이지 않았습니까? 거기에서도 좀……."

"뭐, 그것도 있지. 그런데 너무 많았어!"

"많았지요. 하지만 그건 그럴 가치가 있었습니다. 일종의 투자죠. 앞으로 다가올 마도무림의 시대에 철마방이 분명히 한자리할 수 있습니다. 이건 방주님도 허락하신 부분 아닙니까?"

연신 끄덕이며 조방의 말을 듣는 전창희였다.

조방은 그제야 좀 자신감을 찾아…….

"조금만 기다리십시오, 투자한 부분은 다 회수할 수 있습니다. 아니, 오히려 몇 배로 돌아올 겁니다."

말했다.

"흠, 그렇게만 된다면 좋겠군."

전창희는 그렇게 말하며 의자에 몸을 더 깊이 파묻고는 눈을 감았다.

조방은 이때다 싶어 문가로 슬슬 다가갔다.

"조방!"

"예?"

"뭐하나?"

"아니, 말씀 다 하신 것 같아서……."

"아직 안 끝났어. 앉아."

조방은 '뭐지?' 하면서 제자리로 돌아갔다. 전창희

는 한참 그를 빤히 바라보았다. 앉아 있어도 거구는 여전한 거구. 실실 쪼개고 있더라도 무서울 인간인데 웬일인지 날카로운 눈으로 자신을 바라보니 잔뜩 긴장이 된다.

"왜, 왜요?"

"그런데 지금까지 네가 말한 걸 다 치더라도 너무 손해가 크단 말이야? 이상한데……."

"그, 그럴 리가요……."

"아니야. 나도 계산을 다 해봤거든? 그런데 이, 삼천 냥 정도가 비어. 이건 뭐 때문일까?"

조방의 등에 식은땀이 쫙 스치고 지나갔다. 순간적으로 아무 생각도 안 나는데 그래도 뭔가 말은 해야 했다.

"글쎄요, 도둑이 들었나?"

말을 꺼내놓고 조방 스스로부터가 어이가 없을 지경이었다. 그는 바로 글렀다 생각했다.

'튀자!'

조방은 생각과 동시에 몸을 날렸다. 팟! 하고 불꽃이 튀는 듯한, 뇌에서 내린 판단이 신경 말단에 도달하기나 했나 싶을 정도의 재빠른 반응이었다. 이 정도면 괜찮다! 조방은 문을 걷어차고 얼른 빠져나가려 했다.

"어딜!"

하지만 그의 자신은 그다지 자신할 만한 것이 못 되었다. 거짓말처럼 조방의 목덜미를 잡아채는 전창희의 손아귀였다. 그는 상체를 회전하며 조방을 방 안쪽으로 집어 던졌다.

"컥!"

집무실 가구 어딘가에 등을 부딪친 조방은 피를 토하며 고꾸라졌다. 머리도 같이 부딪쳤는지 어질어질하여 도저히 정신을 차릴 수가 없었다. 이제 와 생각해 보니 도망치는 것은 악수 중의 악수였다. 자신은 그저 백면서생에 불과한데 전창희는 주먹만으로 마도 문파 방주직에 오른 고수 아닌가. 차라리 자기의 세 치 혀에 의존하는 게 나을 뻔했다는 뒤늦은 후회가 찾아왔다.

그런 한탄도 잠시. 왜곡된 시야로 전창희의 얼굴이 들어오자 조방은 오들오들 떨기 시작했다.

"왜 나를 배신했지? 내가 뭐 못해준 게 있었나?"

"그, 그럴 리가요."

"그러면 왜? 가만히 있으니까 내가 바지저고리로 보이든?"

"아니, 그런 게 아니⋯⋯."

사실 맞았다. 조방이 보기에 전창희는 무능했고, 이 방파는 자기가 없으면 돌아갈 것 같지가 않아 보였다. '월권해도 되지 않을까?' 하는 생각이 날이 갈수록 더해가고 결국 그 욕구를 참을 수 없게 되었다.

"뭐, 상관없다. 내 돈에 손을 댄 놈은 이유 여하를 막론, 쳐 죽이면 그뿐이다."

"잠, 잠깐만요! 방주님! 제 말 좀 들어보십시오!"

그러나 전창희는 들은 체도 않곤 조방을 질질 끌고 밖으로 나갔다.

"뭐, 뭘 하시려고?"

"일벌백계를 해야지. 그래야 다시는 너 같은 미친놈이 안 나오지 않겠어?"

전창희는 전각 앞에 조방을 내려놓곤 크게 외쳤다.

"다 어디 갔냐! 전부 당장 튀어나와라!"

고수의 쩌렁쩌렁한 외침. 그런데 아무도 오는 이가 없었다. 잠깐 기다렸는데도 여전히 감감무소식. 전창희는 이번엔 더 구체적이면서 협박도 섞인, 재밌는 구경거리가 있으니 하던 거 멈추고 오는 게 신상에 좋을 것이다, 라는 뜻을 더욱 큰 목소리로 알렸다.

"이 새끼들이 다 어디 간 거야? 죽고 싶어서 환장들

을 했나?"

그는 온갖 살벌한 말을 쏟아내더니 곧이어 조방을 패기 시작했다. 너부터 그 지랄을 해놓으니 지금 방주의 권위가 떨어져서 다 내 말을 귓등으로 듣고 무시하는 게 아니냐, 책임져라, 뭘로? 일단 맞으면서 생각해! 뭐 이런 식으로 조방을 계속 구타했다.

조방이 거의 정신을 잃을 즈음이었는데, 그래도 누구한 명이 왔다. 전창희는 그를 보자마자 역정을 냈다.

"방주가 부르는데 어슬렁어슬렁 걸어와? 뭐 마실 나오냐? 너도 이놈처럼 되고 싶어?"

"그건 좀……."

"그건 좀?"

전창희는 어이가 없어 말한 놈을 바라보았다. 얼굴이 눈에 익지 않고 나이도 어려 보이는 것을 보면 신입이 분명했다. 그래도 그렇지, 방주에게 이런 버르장머리라니.

전창희가 물었다.

"너 어디 소속이냐? 그리고 다른 놈들은 다 어딨지?"

신입은 고개를 갸웃하며 잠시 생각하는 듯했다. 그

모습이 전창희의 분통을 더욱 자극하여 막 터지기 직전, 신입으로 보이는 놈이 입을 열었다.

"글쎄, 소속이라고 해봐야 딱히……. 그리고 다른 놈들이란 게 여기 방도들을 말하는 거라면, 저기……."

신입 같은 놈이 한쪽을 가리켰다. 전창희가 고개를 그쪽으로 돌려 보니 뭔가 흐릿하게 사람의 형체가 보였다. 미간에 힘을 주고 살피니 여럿이 쓰러져 있다는 것을 알 수 있었다.

"뭐야?"

전창희는 얼른 달려가 무슨 일인가 보았다. 방도들이 심하게 얻어맞은 형상으로 바닥에 널브러져 있었다. 철마방 최후의 날이란 게 있다면 이런 식이 아닐까? 온 방도들이 때려눕혀져 끙끙 앓고 있었다. 유혈이 낭자하지만 않다뿐이지, 사실상 전멸이나 마찬가지인 광경이었다. 방주는 아무나 붙잡고 물었다.

"누가 이랬지?"

"저, 저……."

철마방도는 꼴깍거리면서도 겨우 손을 들어 방주의 뒤쪽을 가리켰다.

"뭐라는 거야?"

"저, 저 새끼……."

그의 손끝은 전창희가 달려온 곳을 향하고 있었다. 전창희는 설마 하면서도 돌아가 신입인 줄 알았던 놈에게 물었다.

"너냐? 본 방을 침입한 간덩이 부은 놈이?"

"흠, 능력껏 한 일인데……. 별로 간이 안 커도 가능하던데 이건."

"오냐, 너 고수다 이건가? 철마방이 눈에 안 뵐 정도로? 그런데 넌 아직 날 상대하지 않았다!"

전창희는 말을 마치기 무섭게 자신의 철권을 휘둘렀다. 그에게 거력철군이라는 무명을 안겨준 무시무시한 강철 주먹! 그는 이 한 방으로 상대 안면을 꺼뜨리고 위아래 치아 두 줄까지도 깡그리 날려 버리리라 다짐하면서 온 내력을 다 쏟았다.

'음…….'

하지만 팔을 끝까지 뻗었음에도 묵직한 타격감이 전해지지 않았다. 허공만 가른 느낌. 분명 제대로 걸린 줄 알았는데…….

아쉽다 생각하며 다음 공격을 준비하는데… 웬걸, 주먹 하나가 시야를 가득 채우고 들어왔다. 전창희도 고수라 지금 다가오는 일권(一拳)의 궤적을 똑똑히 인식했다. 하지만 인지만 할 뿐이지 대응은 되지 않았다. 찰나의 시간 동안 그는 엿 됐음을 직감했다.

'미친!'

전창희는 끈 떨어진 연처럼 훨훨 날아갔다. 바닥에 처박혔다가 겨우 몸을 일으키는데, 안면부에서 심한 통증이 느껴졌다. 코를 만지니 뜨거운 피가 줄줄 흐른다. 아무래도 코뼈가 부러진 것 같지만, 그는 그런 걸 신경 쓸 틈이 없었다. 상대가 순식간에 거리를 좁혀 자기 앞으로 다가들고 있었다.

"너, 너 뭐야?"

"난 양유인데?"

전창희는 주먹을 세우며 어떻게든 방비하려 했으나 양유는 아무렇지도 않게 그의 공간으로 파고들어 왔다.

"억!"

이번에는 얼굴이 아니라 복부! 전창희는 배를 움켜쥐고 주저앉았다. 이건 실력 차라고 하기에도 뭐했다. 아예 대항이 안 되는데 뭘 어쩌란 말인가. 전창희는 급격히 투지가 사라져 주저앉은 상태에서 마구 뒤로 물러났다.

"대, 대체 뭐냐고!"

"양유라니까."

양유는 천천히 전창희에게로 다가갔다. 전창희는 도
저히 알 수가 없었다. 양유라는 이름은 풍문으로라도
들어본 적이 없었다. 이 정도 고수라면 자기 영역 밖에
서 활동한다 하더라도 모를 수가 없다. 여기저기서 이
름을 날리기 마련인데, 너무나 생소했다.

"큭……."

양유는 전창희 앞으로 다가가서 그의 가슴 위에 발을
올렸다. 철마방주로서 이런 굴욕은 당해본 적이 없었
다. 전창희는 분노로 몸을 떨며 양유를 노려보았다.

양유가 말했다.

"내가 누구인지는 중요하지 않아. 중요한 것은 내가
왜 여기에 온 것인가 하는 거지."

"그, 그럼 왜?"

"마문."

그 두 자를 말하자 전창희의 안색이 눈에 띄게 변했
다. 코가 내려앉고 피 칠갑된 얼굴에서 안색이라는 것
을 구별한다는 게 웃기지만, 그럼에도 분명 흠칫 놀라
는 반응을 읽을 수 있었다.

"마, 마문? 그걸 왜 나한테 묻는 거지?"

"마문 놈들이 내가 아는 사람을 잡아갔거든? 그래서 거기 협력하는 마도 문파를 찾는 중인데, 제발 여기였으면 좋겠다. 아니면 또 다른 데를 가야 하잖아? 그런데 솔직히 그럴 시간이 없어."

"흥, 제대로 헛수고하는군. 어디서 꿈꾸다 왔나? 이미 망한 마문을 왜 들먹이는지도 모르겠고, 설사 내가 뭘 안다 해도 너한테 알려줄 성싶으냐?"

"음⋯⋯."

양유는 발끝으로 철마방주의 마혈을 찍은 뒤, 계속해서 발을 놀렸다. 전창희의 목으로 가져다 댄 다음 지긋이 압박하자 그는 곧 캑캑대며 제대로 숨을 쉬지 못했다. 양유는 그런 그의 얼굴을 무심히 보다가⋯⋯.

"아, 죽으면 안 되지."

적당한 시점에 발을 뗐다.

그때!

"죽여 버려!"

온 힘을 다해 외치며 쓰러져 있던 남자가 비틀거리며 일어났다. 그는 조방이었다. 전창희만큼 너덜너덜한 모습인데, 쓰러질 듯 말 듯하며 양유 앞으로 다가와서는 같은 말을 반복했다.

"죽이라고!"

"음, 당신 심정은 이해가 가는데, 그건 안 돼. 아직 이 인간한테 물어볼 게 남아서."

"뭐, 마문? 그거에 관해서라면 내, 내가 다 대답할 수 있다."

"그래?"

"그렇다. 방주의 말은 다 개소리! 마문은 다시 나타났고, 본 방은 거기에 협조하고 있다."

양유가 원하는 답이 드디어 나왔다. 그는 조방에게 물었다.

"인질은? 인질에 대해서는 알고 있나?"

"용봉 말이지? 물론 알지."

"닥쳐, 이 새끼야!"

전창희가 겨우 목소리를 냈다. 이 새끼가 횡령을 하는 걸로도 모자라서 이제는 아예 방을 말아먹을 작정인가 하면서 나중엔 거의 고래고래 소리를 쳤다.

"아, 시끄러워."

퍽! 하고 아혈을 찍자 전창희는 이제 입만 벙긋하는 것밖에 할 수 없게 되었다.

조방이 말했다.

"하이고, 방주. 당신이 이미 날 내쳐서 더 이상 돌아갈 데가 없는데 방이 말아 먹히든 씹어 먹히든 그게 뭔 상관? 답답한 소리는 그만하고… 이봐, 당신. 당신 원하는 거 다 말해줄게. 단, 방주는 죽어야 한다."

뚜둑!

조방이 말을 마치기도 전에 목 부러지는 소리가 났다.

양유는 죽은 전창희를 옆으로 밀어낸 다음, 조방에게 말했다.

"해달라는 대로 했으니 이제는 네 차례다."

양유의 눈은 서늘하기 그지없었다. 조방은 방주가 죽은 것에 안도하면서도 어째 더한 놈과 엮인 게 아닌가 하는 생각을 지울 수가 없었다.

"그, 그야 물론이지."

조방은 양유를 철마방 근처의 산으로 인도했다. 가는 동안 조방은 철마방이 마문에 협조한 지는 얼마 되지 않았다고 말했다. 마문이 중원 수복을 노리면서 각지의 마도 문파를 비밀리에 흡수하였는데, 그에 적극적으로 응한 것이 바로 자신. 방주는 마문이 앞으로 중원의 패권을 잡으리란 것을 알지 못하고 당장 나가는 돈에만 급급하여 미적거리는데, 그걸 설득하여 겨우 마문에 줄을 댔다. 그야말로 방에 큰 공을 세운 것 아닌가. 조방은 그리 말하면서 전창희 욕을 해 댔다.

"정세 파악도 못하는 놈이 방주 노릇은 해서 뭐하오? 주먹만 잘 쓰면 뭐해? 그러니까 그 꼴이 나지."

"그런 개인적인 얘기는 관심 없어. 그런데 왜 마문을 그렇게 높이 평가하지? 중원의 패권을 잡을 정도라니?"

"음, 뭐 당신은 모를 수 있지. 몇몇 마도 문파 외에는 아직 마문이 나타났다는 것도 모르니까. 그런데 이놈들은 진짜요. 숨어 지내면서 뭔 수로 고수들을 그리 키웠는지 썩어 넘치는 게 고수라 하고, 거기다 마태자란 분은……."

언급하는 조방의 눈이 흔들렸다. 목소리 또한 떨렸다. 그는 마태자가 있어 마문이 진짜 무서운 것이라고 했다.

"십대고수? 마태자는 그들은 이미 안중에도 없소. 마도제일인을 넘어 천하제일을 바라보는 것이 그의 눈높이. 그런 사람이 삼십삼파 자리를 비집고 들어가는 선에서 만족하겠소? 그릇이 달라, 그릇이."

"음……."

"못 믿는 모양인데, 그는 굉천마의 진전을 이었소. 더 말이 필요한가? 두고 보시오. 이제 곧 난리가 날 거 니까."

굉천마라면 양유도 들어본 적이 있었다. 그 이름이 언급되었을 때, 순식간에 얼어붙던 장내의 분위기와 살얼음 위를 걷듯 조심스러워진 사람들의 반응이 기억났다. 하지만 양유는 그 사람들이 아니었고, 그냥 그런가 보다 하고 말 뿐이었다.

"거의 다 왔소."

저 멀리에 전각이 하나 서 있었다. 조방은 저곳에 용봉들을 가둬두었다고 했다. 가까이 가니 철마방도 몇이 앞을 지키고 서 있다가 조방을 보고는 경례를 했다.

"조 책사님 아니십니까? 여긴 어쩐 일로?"

"어쩌긴. 어디 내가 못 올 데 왔나?"

"예? 그건 아니지만……."

"아니면 얼른 비켜. 안에 볼일 있으니까."

확실히 조방이 방에서 입지가 좀 있는지 방도들은 아무 소리 못하고 문을 열어주었다. 양유는 조방보다 앞서서 안으로 들어갔다.

지금 그는 그 어느 때보다 예민한 상태였다. 여행 시작부터 거의 잠을 자지 못했다. 거대 괴인을 쫓느라 며칠을 보냈고, 상관소혜를 구한 뒤로도 혹시 모를 사태에 대비하느라 잘 수가 없었다.

물론 졸거나 쪽잠을 잔다거나 하는 것도 할 수 없었다. 폭주하는 내력을 다스리기 위해서는 순간의 방심도 금물이었다. 그리고 소호에서부터 이곳까지. 마찬가지로 쉴 새 없이 달려만 왔다.

아무리 초고수라 해도 이런 강행군을 거치면 쇠해질 수밖에 없다. 하지만 아직은 오히려 피로 때문에 더없이 정신이 날카롭기만 한 상태. 양유는 계단을 찾아 성큼성큼 아래로 내려갔다.

"너 뭐야?"

철마방도 하나가 계단에서 어슬렁거리고 있다가 모르는 놈이 내려오는 게 보이니 칼을 뽑고 이쪽으로 다가왔다. 양유가 대충 손을 휘젓자 철마방도는 거센 힘에 의해 좌측 벽으로 날아가 처박혔다.

계단 끝까지 내려가 안쪽으로 들어가자 창살이 촘촘히 박힌 옥방이 좌우로 늘어선 것이 보였다. 그 안에는 낯익은 사람들이 있었다. 양유는 한달음에 달려가 옥 내부를 살폈다. 갇힌 이들 중 한 명이 인기척을 느끼고 고개를 들어 양유를 보았다.

"……어?"

처음 그는 양유를 보고도 아무 생각이 없는 것 같았다. 하지만 곧 얼굴에 믿을 수 없다는 표정이 떠올랐다.

그는 초일화였다. 양유는 예전에 그를 한 번 꺾은 적이 있었다. 그 일이 초일화에게 긍정적으로, 아니면 부정적으로 작용했는지는 알 수가 없다. 하지만 아직도 양유를 알아보는 것을 보면 적어도 그게 기억에 깊이 남는 사건이긴 했던 모양이다.

"없군."

양유는 안에 군하경이 없는 것을 확인하곤 바로 몸을 돌렸다. 뒤쪽 옥에는 아는 얼굴이 아예 없었다. 그런 식으로 옥을 하나씩 살폈다. 제일 안쪽 옥을 들여다봤을 때, 거기서 양유는 봉(鳳)들이 모여 있는 것을 보았다.

그는 단숨에 옥문을 부수고 안으로 들어갔다. 대부분 벽에 기대 축 늘어져 있었는데, 양유가 이렇게 밀고 들어와도 아무 반응이 없었다. 다들 혼혈이라도 짚인 모양이었다. 양유는 여자들의 얼굴을 살폈다.

여자들은 모두 아름다웠다. 이런 데 갇혀 있으니 초췌하기 그지없고 모두 창백한 낯인데 다들 본바탕이 좋다 보니 그럼에도 미모가 죽지 않았다. 한 명씩 어깨를 흔들어서 풀어헤쳐진 머리카락을 걷어내 누구인지 확인하는데, 그 와중에 아는 얼굴이 나왔다.

'초영하?'

전에 용봉연에서 본 여자였다. 초일화와는 남매로, 성별은 다르지만 분명히 닮은 데가 있었다.

양유는 그녀를 내버려 두고 다른 여자들도 모두 살폈다. 그러나 군하경은 없었다.

쾅!

참을 수 없어 양유는 힘껏 바닥을 내려쳤다. 그러자 갑자기 피로가 폭포수처럼 전신을 덮어왔다. 순간적으로 집중력이 흐트러지니 내력이 이때다 하고 요동치기 시작했다. 양유는 헛, 하고 벌떡 일어났다. 주저앉아 한탄할 틈도 없다. 몸이 이러니 마음 놓고 좌절도 못했다.

그는 초영하에게로 돌아가서 그녀를 깨웠다. 해혈을 하고 내력을 주입하여 탁기를 몰아내자 곧 정신을 차리는 듯했다.

"으음……."

눈을 뜬 초영하는 잠시 동안 무슨 상황인지 전혀 모르는 것처럼 보였다. 그 큰 눈으로 양유를 멍하니 바라보는데 곧 자기가 잡힌 몸이었다는 것을 깨달았고, 그 후에는 자기 앞에 있는 이 남자가 양유라는 것을 느끼게 되었다.

"아……."

한참 정신을 잃었다 깬 것이라 약간 사고가 온전치 않았다. 지금 이게 뭔지 인식은 되는데 이해가 안 되는 것이다. 사실 정신이 온전했다 하더라도 이 상황을 쉽게 받아들이기는 어려웠다. 마문이 발호하여 자신을 포함한 후기지수들이 잡혀왔는데, 거기서 갑자기 수년 전에 잠적했던 양유가 나오는 게 전혀 개연적이지가 않았다.

"혹, 혹시 내가 아는 그분 맞아요?"

혼란스러워하며 초영하가 물었다.

"같은 생각을 하는 거 보니까 아마 맞지 않을까 싶습니다."

"그런데 여긴 어떻게……?"

"석 형에게 자초지종을 들었습니다. 이제 안전해요."

과연 그럴까? 양유가 여기 온 것을 보니 당장의 신변 문제는 해결되긴 했을 것이다. 하지만 그렇다고 해서 '안전해졌다'라고 할 수 있을까? 마문이 발호해 다시금 무림의 공포로 자리매김하려 하고 있다. 그런 생각이 들자 갑자기 가슴 한쪽이 콱 막혀오는 것 같았다.

그녀가 말했다.

"그렇다면 다 아시겠군요? 마문…… 무림이 그들을 이겨낼 수 있을까요?"

"글쎄요, 어떻게든 되겠죠."

"네?"

"저야 잘 모르고, 또 관계도 없으니… 다른 사람들이 알아서 하지 않겠습니까?"

초영하의 표정이 이상해졌다. 무림의 안위는 안중에도 없는 듯한 말과 태도. 물론 사람은 각양각색이니 이같은 큰일에도 무신경한 이가 있을 수는 있다. 하지만 양유는 젊고 또한 창창한 후기지수가 아닌가. 어떻게 이리 시큰둥할 수가 있는가.

"하나 묻고 싶은 게 있습니다."

"말씀하세요."

"군하경은 어떻게 됐습니까?"

"아……."

초영하의 낯빛이 어두워졌다. 군하경을 생각하자 가슴에 막혀 있던 것이 좀 더 깊은 곳으로 숨어 들어가 응어리가 되어 굳어지는 것 같았다.

"혹시 석 형처럼 어떻게 잘 도망친 겁니까?"

"아, 아뇨……."

말끝에서 물기가 묻어났다. 초영하의 눈에 눈물이 고이기 시작했다.

양유는 슬슬 불안해졌다.

"무슨 일이라도?"

"네, 하경, 하경이……."

급기야는 흐느끼기까지 했다. 양유는 다가가 어설픈 동작으로 그녀의 어깨를 두드리며 어떻게든 달래보려 했다. 그런데 갑자기 초영하가 와락 안겨들어 양유의 품에 얼굴을 묻는 것이었다.

"아니, 음……."

양유는 난감해서 어쩔 줄을 몰라 했다. 차라리 칼 들고 싸우는 게 낫지, 이럴 때는 어떻게 해야 할지 모르겠다. 해서 잠깐 이러고 있으니 초영하의 부드러운 몸이 점점 의식되었다. 뭔가 좋은 냄새도 나는 것 같기도 하고, 그래서 좀 정신이 아득해지는 듯도 했다. 그러나 지금은 이러고 있을 때가 아니었다. 양유는 결심을 하고 초영하를 떼어내며 물었다.

"어떻게 됐습니까?"

"처, 처음에는 이곳에 같이 잡혀왔었어요. 그런데 마, 마태자가……."

"마태자? 그게 누굽니까?"

아까 조방이 언급한 인물 아닌가.

뭐, 무섭다느니 강하다느니 하는 얘기를 했던 것 같다.

"마문의 새로운 주인이라고 해요. 그가 여기까지 와서 하경을 데려갔는데, 대체 이를… 아……."

초영하는 또 흐느꼈지만, 양유는 안도했다. 입가에 미소까지 띠었다.

"그렇다면 다행이군요."

"예?"

"난 또 무슨 큰일이라도 난 줄 알았네요. 죽지만, 죽지만 않았다면야 괜찮습니다."

"그게 무슨……."

양유는 초영하에게 물었다.

"혹시 그자의 얼굴을 봤습니까?"

"네. 여기까지 내려왔거든요."

"어떻게 생겼습니까?"

"네? 그게 어……."

초영하는 잠시 생각해 보는 듯했지만, 좀처럼 떠오르지 않는 것 같았다. 그녀는 결국 모르겠다고 했다.

"잘 생각해 봐요."

양유는 초영하의 양어깨를 꽉 잡으며 그녀의 눈을 들여다보았다.

"아, 아파요!"

너무 힘을 줬는지 초영하가 비명을 질렀다.

양유는 얼른 손을 떼며 말했다.

"미, 미안합니다."

무안해져서 양유는 괜히 벽을 쳐다보았다.

초영하가 말했다.

"죄송해요, 도움도 못 되고……. 어두웠던데다 마태자는 흑포를 둘러쓰고 있어서 제대로 볼 수가 없었어요."

"아, 그렇군요……."

아쉽긴 하지만 이게 그렇게까지 다급하게 물어볼 만한 것이었나?

뒤늦게 생각해 보니 그 정도는 아닌 것 같았다.

"뭐, 괜찮습니다. 마문이 있는 곳에 마태자가 있겠죠. 그가 어떻게 생겼는지가 중요한 건 아니니."

"혹시 하경을 구하러 갈 생각인가요?"

양유는 그렇다고 했다.

"너무 무모해요!"

"흠, 그런가요?"

양유 자신이 생각하기에도 무모한 건 맞는 것 같았다. 하지만 그건 지금의 지치디지친 몸 상태, 스스로건 제약, 내기 또한 통제가 잘 안 되고, 그런 상황 때문이지 그런 게 없다면 충분히 내릴 수 있는 결정이라고 생각했다.

"네. 물론 당신이 하경을 생각하는 마음은 알겠어요. 하지만 만용을 부린다고 해서 해결될 일은 아무것도 없어요. 우리가 할 수 있는 최선은 무림에 힘을 보태서 이 사태를 최대한 피해 없이 수습할 수 있도록 돕는 일……. 그러다 보면 하경도 구할 수 있을 거예요."

말을 하면서 초영하는 어느 정도 감정이 가라앉고 냉

정함을 되찾아가는 것처럼 보였다. 그녀는 이럴 때가 아니라 얼른 다른 사람들을 구해야 한다고 했다. 주변에 늘어져 있는 여자들의 혈도를 풀고 정신을 차리도록 계속 말을 걸었다.

양유도 가만있기가 뭐해서 다른 옥으로 갔다. 초일화가 정신을 차리고 있던 것이 생각나서 우선 그의 구속을 풀고 해혈을 했다.

초일화는 그런 양유를 멀거니 바라보았다. 그의 눈에는 여러 감정이 공존하며 일렁이는 듯했다. 참담한 기분과 동시에 분노가 일고, 그러면서도 한 켠에는 두렵고 떨리는 마음이 담긴, 복잡한 눈빛이었다.

"고맙소."

내력이 돌아오는 것을 느끼자 초일화는 그 말만 하곤 벌떡 일어나서 마찬가지로 다른 사람들을 깨웠다. 처음에는 내기의 운용이 시원치 않아서 끙끙대는 듯했으나 그래도 명색이 고수라 곧 감을 찾고 제대로 해혈해 나가기 시작했다.

양유는 그 모습을 지켜보다 몸을 돌렸다. 지금은 아직 경황이 없다 해도 깨어난 사람이 초일화를 도울 거고, 옆방에서도 초영하가 같은 일을 하고 있으니 다들 금세 자유로워질 수 있을 것이다.

그는 옥방을 나와 밖으로 향했다.

그때, 초영하가 후다닥 달려 나와서 양유의 뒤에다 외쳤다.

"당신 미쳤어요? 죽고 싶어서 그러는 거예요?"

양유는 돌아서며 초영하에게 말했다.

"그런 사람이 어딨습니까?"

"지금 당신이요!"

물론 자기가 매우 정상적인 판단으로 행동하는 게 아닌 건 맞았다. 하지만 그렇다고 또 아주 무작정 사지로 뛰어드는 것은 아닌 듯한데 그런 말을 주절주절 늘어놓는다고 해서 설득이 될 리도 없으니 그냥 가만히 있었다.

"혹시 하경하고 특별한 사이인가요?"

그렇지 않고서는 이런 똥고집을 부릴 리 없다. 그녀는 그렇게밖에 생각할 수 없는 것 같았다.

아직 해질녘이 되려면 멀었지만 옥 안은 무척 어두웠고, 가느다랗게 새어 들어오는 햇빛만이 시야를 밝혀줄 뿐이었다. 그러나 통로는 그나마 채광이 좀 돼서 초영하의 얼굴이 똑똑히 보였다. 그녀의 흰 얼굴과 까맣게 반짝이는 눈, 더 자세히는 그 안에서 흔들리는 맑은 망울까지도 볼 수 있었다.

예쁘긴 진짜 예쁘다.

무림세가나 거대 문파의 남자들은 다른 이들에 비해 조건이 매우 좋아 미인을 쟁취하는 쪽이지 절대 뺏기는 쪽은 아니다. 그게 몇 세대나 이어지고 있으니 그 가족들은 대부분 인물이 좋을 수밖에 없었는데, 그런 중에서도 압도적인 실력과 외모를 겸비해야 봉황이니 용이니 하는 소리를 듣는 것이다.

난화봉 군하경의 명성에는 못 미치지만 그래도 초영하는 패도성을 대표하는 또 다른 봉황. 이런 분위기에서 그런 그녀와 마주하고 있으니까 양유는 무슨 말을 해야 할지 도통 떠오르지가 않았다.

"그렇군요. 어쩐지……."

그녀는 양유가 침묵하는 것을 긍정의 의미로 받아들인 것 같았다. 눈을 내리깔며 잠시 생각에 빠진 듯한데, 곧 웃으며 말했다.

"그러니까 말려도 들을 리가 없었겠죠. 그럼 가세요."

"음……."

뭔가 오해하는 것 같지만, 굳이 그걸 바로잡을 필요가 있을까?

양유는 잘됐다 생각하고 내버려 두었다.

"진짜 어리석고 목숨을 내던지는 짓이지만, 어느 누가 말릴 수 있겠어요? 저는 하경이 좀 부럽기도 하네요."

그녀는 그렇게 말한 뒤 몸을 휙 틀었다. 그러다 다시 '아!' 하며 몸을 돌렸다.

"기억났어요! 마태자!"

무엇 때문인지 섬전처럼 펼쳐지는 기억의 한 장면.

그녀는 마태자의 턱에 큰 흉터가 있던 것을 보았다고 했다. 상처가 사방으로 퍼져 있는, 좀 특이한 흉터라는 것도 추가로 떠올려 냈다.

뭔가 더 있을 것 같기도 한데…….

"아, 아……. 그것뿐이에요."

다른 특징은 끝내 더 말하지 못했다.

"더 도움이 되지 못해서 미안해요. 정말 이것뿐인 거 같아요."

"아닙니다. 고맙습니다."

그녀는 마지막으로 양유를 지그시 쳐다보더니 한 번

웃어 보이곤 뒤돌아 멀어져 갔다. 이번에는 다시 양유를 부르는 일이 없었다.

양유도 자기 갈 길을 갔다.

계단을 타고 위로 올라가니 철마방도 하나가 순찰을 하는 것이 보였다.

방도가 외쳤다.

"누구냐!"

양유는 그에게 다가가서 알은체를 했다.

"나요, 나. 조방하고 같이 왔던 사람."

"아, 그렇군……. 그런데 말을 좀 짧게 한다? 책사님하고 무슨 관계기에 그러지?"

"지금 그게 중요한 게 아닐 텐데……. 밑에 용봉들이 갇혀 있잖아?"

철마방도는 의심의 눈초리를 보냈다.

"그건 또 어떻게 알았지?"

"갔다 와봤으니까 알지. 그런데 내가 그 사람들 풀어준 건 아직 모르지?"

"뭐, 뭣!"

양유는 자신이 용봉들의 구속을 풀고 막힌 혈을 뚫어 그들을 자유롭게 했음을 알렸다. 그러나 철마방도는 믿지 않는 눈치였다. 대신 검을 뽑으며 양유를 위협했다.

"미친 소리 하려면 다른 데 가서 해라. 조 책사님 얼굴을 봐서 봐줄 테니까 썩 꺼져!"

양유는 재빨리 접근하여 철마방도의 손을 쳤다. 검이 핑그르르 돌며 위로 날아갔다가 땅에 박혔다.

"헉!"

"믿기 싫으면 말아. 생각해서 말해줬더니, 나참. 용봉들이 나오면 너희는 죽은 목숨 아닌가?"

양유가 실력을 드러내 보이자 그의 말에 신빙성이 생겼다.

방도의 얼굴이 사색이 되었다.

"정, 정말인가?"

"믿기 싫음 말든가. 난 간다."

방도는 잠깐 생각하는 듯하더니 동료에게로 달려갔다. 그래도 혼자 살 생각만 하지 않는 것을 보니, 조방보다는 나은 사람이 아닌가 싶었다.

양유는 하산하면서 생각을 정리했다. 마태자가 군하경을 데려간 의도는 뻔히 보인다.

군하경이 저들 용봉 중에서 가장 중요해서?

중요도만 놓고 보면 패도성 성주의 자녀인 초일화,

초영하 남매도 그에 못지않다. 그는 그냥 어떤 꽃이 아름답기로 이름이 났으니 친히 와서 따 간 것이다. 그렇다면 당장 목숨이 위험하지는 않을 것 같다. 조급하게 나서기보다는 확실하게 구할 수 있는 상황을 만들어야 한다는 결론에 도달했다. 현재 자신 상태도 말이 아니기 때문에 더더욱 신중할 필요가 있었다.

이런저런 상념에 빠져 걷다 보니 산의 초입에 이르렀다.

길 한가운데에는 두 사람이 서 있었는데, 양유가 내려오자 네 개의 시선이 그쪽으로 향했다.

양유 또한 그들을 보았다.

이 두 사람은 정말 특이하게 생겼다. 한 사람은 키가 멀대같이 크고 비쩍 말랐는데, 다른 사람은 마치 자루처럼 작았고 몸이 공처럼 부풀어 있었다. 혼자 다녀도 주위의 시선은 따놓았다고 봐야 하겠는데, 전혀 상반된 두 사람이 같이 있으니까 보통 우스꽝스러운 게 아니었다.

그러나 양유는 웃지 않았고, 오히려 얼굴이 살짝 굳었다. 그러면서 아무것도 못 본 듯 그들을 지나쳐 가려 했다.

그러자 키 큰 쪽이 말했다.

"이대로 그냥 갈 수 있다고 생각하는 건 아니겠지?"

양유가 발걸음을 멈췄다.

키 큰 쪽은 계속 말했다.

"그러고 싶은 마음은 나도 십분 이해하는데, 내 얼굴을 본 순간 절대 그럴 수가 없다는 것은 너도 직감했을 거라고 본다. 그렇지?"

"광살마."

양유가 입을 열었다. 중원에 아무리 사람이 많다 해도 이렇게 이상한 사람이 또 있을 수 있을까. 그는 광살마일 수밖에 없었다.

"광살마라고 하지 마. 나는 파천거력 이달헌이다."

양유는 그가 뭐라고 하든 같은 호칭을 고집했다.

"그래, 광살마. 오늘은 또 무슨 일이지? 거기다 저 미친놈은 또 뭐고."

그는 뚱뚱한 쪽을 턱짓으로 가리켰다. 놀랍게도 그는 구철이었다. 이전의 괴물 같은 형태는 아니고 처음 봤을 때의 모습인데, 그래도 이상하게 생긴 건 마찬가지였다.

"이거? 네 사부의 작품."

"그건 또 뭐……."

"뭐, 알고 있겠지만, 네 스승은 진짜 몹쓸 인간이지. 멀쩡한 사람을 데려다가 대법으로 무림 고수를 만들어 놨어. 그런데 부작용으로 몸이 저렇게 되고, 이거……."

이달헌은 손가락으로 자기 머리를 가리켰다.

"이거도 맛이 갔지. 그런데 그런 놈을 무림에다 풀어놓다니……. 진짜 별의별 짓을 다 하고 다녔던데. 네 스승이 다시 잡아왔을 때는 대법도 깨지고 완전 엉망진 창 상태였는데, 어떻게든 복구를 해서 나한테 붙여주더 군. 진짜 천재는 천재야."

구철은 면전에서 자기 얘기를 하는데도 아무 말이 없 었다. 양유는 전에 그를 떡이 되도록 두들긴 적이 있었 다. 그리했던 사람과 재회한다면 두려워하든지, 아니면 적의를 표출하든지 할 텐데, 구철은 양유를 보고 있지 도 않았다. 멍하니 허공을 응시하고만 있는데, 눈에는 초점조차 잡혀 있지 않았다.

양유는 그가 어떤 상태인지를 눈치챘다.

"이거 혹시……."

"맞다. 실혼(失魂)된 상태지. 안 그러면 이 개 같은 놈하고 어떻게 같이 다니겠나?"

"허."

구철이 스승과 관련이 있다는 건 놀랄 일이었다. 그러나 그가 열사로 가득한 대막에서 이곳 중원으로 돌아왔을 때, 자기 능력을 시험하기 위해 초고수를 찾아다닌 적이 있고 그중에 구철이 있었다는 그 기막힌 우연을 제외하고 본다면 이보다 자연스러운 일이 있을 수가 없었다.

무공을 위해서라면 어떤 비인간적인 행위라도 충분히 저지를 수 있는 게 바로 스승인 광억 아닌가. 충분히 구철이라는 괴물을 만들고도 남을 위인이었다.

어떻게 보면 구철과 자신은 같은 존재일지도 몰랐다. 스승의 실험체이며 희생양이고, 현재에도 그의 통제의 대상인……

그런 생각이 들자 치욕스러울 정도였다.

양유가 말했다.

"뭐, 이건 놀랍긴 한데, 고작 구철 보여주려고 온 건 아니겠고……. 뭐 때문이지? 나 바쁘니까 빨리 말해."

"갈 데가 있다."

"미친 소리 하고 있네."

"그러면 억지로라도 끌고 가야지."

이달헌은 나뭇가지 같은 손가락을 꺾으며 뚜둑, 소리를 냈다. 분명 그는 고수가 맞지만, 워낙 외관이 비리비리해서 겁을 주려 해도 별로 무섭지가 않았다.

"네가? 그게 가능한가?"

양유가 코웃음을 치는데 이달헌의 표정은 좋지가 않았다. 새파랗게 어린놈에게 그런 말을 듣고 좋을 사람은 없을 것이다. 그러나 부정은 할 수 없었다.

"하, 그래도 파천거력마라고 하면 예전에는 진짜 알아줬는데⋯⋯. 뭐, 그렇다. 장강의 뒷 물결이 앞 물결을 밀어내는 것은 당연한 이치지. 너는 철검성주를 꺾었으니 그런 말을 할 자격이 있다고도 할 수 있고. 나는 그에 못 미치는 게 사실이거든."

"그래, 자기 주제를 알았으면 이만 사라지는 게 좋지 않을까?"

그러나 이달헌은 할 말이 그게 다가 아니라는 듯 검지를 세워 흔들었다.

"하지만 이를 어쩌나? 나도 십대고수 말석 정도는 능히 상대할 실력이 있는데, 거기에다 구철까지 있으니⋯⋯. 제아무리 초고수라도 머릿수 앞에 장사 있을

리가."

양유는 그를 비웃었다.

"저게 도움이 된다고 생각해? 제대로 생각하지도 못하는 놈을 어디다 써먹어?"

전에 정신 나간 구철을 상대했던 기억을 떠올려 보았다. 엄청난 힘과 재생력을 지녔지만, 그래 봐야 선불 맞은 멧돼지처럼 그저 달려들기만 했기 때문에 무서울 게 없었다.

"뭐, 네가 완벽한 상태라면 나도 같은 생각이었을 텐데, 그게 아니잖아?"

이달헌은 양유의 위아래를 슬쩍 훑으며 비실비실 웃었다.

"그 갈 때까지 간 상태로 내력을 통제하면서 나와 구철을 제압할 수 있을까, 과연……?"

광살마는 다 알고 있었다. 갑자기 등골이 오싹했다. 그가 안다는 것은 스승도 안다는 것. 양유는 밤마다 자기 내력을 봉인함으로써 스승이 원하는 대로 일이 돌아가지 못하도록 했고, 그것은 지금까지는 성공적으로 이루어지고 있었다.

이 전략은 진짜 미친 짓이고, 무림인으로서 쉽게 할

수 없는 일이기 때문에 스승의 간섭을 원천적으로 차단했다고 생각했다.

그런데 광억이 간파하고 있다니…….

"되는지 안 되는지는 해보면 알겠지!"

양유는 내력을 있는 대로 끌어 올렸다.

그에 이달헌도 긴장한 듯했다. 그가 구철에게 외쳤다.

"구철! 저 녀석을 공격해라!"

광살마의 명이 떨어지자 넋이 나가 있던 구철의 눈에 이채가 떠올랐다. 멍한 실혼 상태에서 광기로 가득한 이전의 모습으로 돌아오는 건 순식간이었다.

십대고수급 세 명의 싸움!

보기 힘든 구경인 것만은 확실했다. 거기다 이 대 일이라니, 자존심 강한 초고수들 사이에서 이런 일이 있기는 힘들었다.

그런데 양유가 갑자기 등을 돌려 달아났다. 이달헌은 양유의 공격에 어떻게 대응할까만 생각하고 있었고, 약간 물러나는 자세를 하고 있었기 때문에 양유가 그리 나오니 제때 그의 뒤를 잡지 못했다.

그는 어이없어 하며 소리쳤다.

"뭐하는 거냐!"

'뭐하긴. 내가 미쳤다고 이 상황에 너하고 싸우고 있겠냐?'

이달헌의 말대로였다. 지금 자신은 갈 때까지 간 상태가 맞았다. 광살마 하나만 해도 벅찬데 구철까지 있으니 정말 어려웠다. 거기다 어떻게 잘해서 둘을 처리한다 해도 문제는 여전히 남았다.

양유의 목표는 군하경을 구하는 것이지, 스승에 대한 뒤틀린 분노를 그의 수하들에게 푸는 것이 아니다. 거기에 힘을 다 쓰고 나면 이겨도 이긴 게 아닌 것이다.

아무튼 예상을 벗어난 양유의 행동 때문에 이달헌은 마음이 다급해졌다. 양유가 멀어지는 속도가 너무 빠르다. 그는 한 번 심호흡을 하곤 내력을 가득 담아 사자후를 쏟아냈다.

"고와를 버릴 셈이냐!"

섬혼영이 아무리 빨라도 음파보다 빠를 수는 없다. 이달헌의 말이 양유를 앞질러 그의 귀로 들어갔다.

양유가 뚝 멈췄다. 그러고는 같은 속도로 쏜살같이 돌아와 광살마에게 말했다.

"지금 뭐라고 했지?"

양유의 음성은 사방을 얼려 버릴 듯 서늘했다. 그러
나 눈빛은 이글이글 타오르고 있었다. 천하의 광살마도
움찔할 정도의 위압감이 풍겨 나왔다.

30장 **다시 상관가로**

"음⋯⋯."

이달헌은 뭐 때문인지 입을 열지 못하고 우물쭈물했다.

양유가 재차 물었다.

"뭐라고 했는지 다시 말하라고 했다."

"알았어, 말하지. 그런데 이건 네가 알아야 한다. 나는 이 일과 무관할뿐더러 네 스승이 한 행동, 그건 진짜 아니었다고 생각한다. 그 인간이 치사하고 더럽고 무자비한 놈이라는 건 알고 있었지만, 그 정도까지인 줄은 몰랐고⋯⋯."

하지만 자신은 그와 약속한 바, 광억이 하라면 해야 하는 것이지 무슨 반대 의견을 내고 자시고 할 입장이 아니었다. 그렇기 때문에 네 스승의 말을 전하는 것일 뿐, 그 외의 다른 어떠한 사적인 감정이 없음을 강조했다.

"뭐가 그렇게 혓바닥이 길어? 말해! 여기서 고와가 왜 나오는데?"

"그녀는 너와 헤어진 이후로 계속 하진루에 머물렀지. 하진루 관리인은 철검성 총관의 수하, 그리고 철검성주는 너와 동문이니 네 스승이 그녀를 발견하는 건 식은 죽 먹기라고 봐야겠지?"

양유는 주먹을 꽉 쥐었다. 그는 이척과 지내면서, 후에는 상관세가의 녹을 받아먹는 동안 되도록 고와 생각을 하지 않으려 했다. 그녀를 생각하면 더 괴로울 것 같았기 때문이다.

그러나 냉정히 따져 보면 자신은 그녀를 그저 방치한 게 맞았다. 고와가 정말 홀로 남은 채로 중원에 적응하여 잘살 것이라고 생각했는가.

양유는 차오르는 분노, 스승에 대한 분과 자신에게 향하는 노를 최대한 억누르며 말했다.

"가서 전해! 그녀를 건드리면 누구든 가만두지 않는다. 스승이라고 해서 예외는 없어. 나를 키우고 가르쳤다고 해서 언제까지고 참을 거라 생각하면 오산이다."

양유는 드디어 선언했다.

이 말을 하기가 어찌나 어려웠던지!

스승이 어떤 심한 짓을 하더라도 화를 그러모아 속에서 삭였을 뿐, 표출한 적이 없었다.

어떻게 보면 이것은 변화의 시작이다. 대응 방식이 달라진 것이다. 소극적에서 적극적으로, 더 이상 도피만 할 수 없음을 자각함으로써 분노의 불길이 밖으로 번지기 시작했다.

그런 양유를 보는 이달헌의 표정이 기묘했다. 마른 논바닥 같은 얼굴에 해석하기 힘든 감정의 고랑이 파였다. 그로서는 더 이상 무표정할 수가 없던 것인데, 도저히 맞는 표정을 찾을 수가 없어서 얼굴 근육을 아무렇게나 구긴 것처럼 보였다.

"음……."

이달헌은 곧 입을 열었다. 그는 양유에게 네가 그럴 입장이 아니라고 했다.

"뭐?"

이달헌은 품에 손을 넣더니 뭔가를 꺼냈다. 그러고는 그것을 양유에게 보여주었다.

그것은 한 개의 손가락이었다. 가늘고 길쭉해서 원래 자리에 잘 붙어 있었더라면 무척 아름다웠을 것이다. 그러나 신체에서 떨어져 나온 지금은 핏기가 싹 빠져 마치 시체의 그것과도 같았다.

그 잘린 손가락을 보는 양유의 얼굴이 천천히 굳어갔다. 손이 부들부들 떨렸다. 그가 이달헌에게 물었다.

"내가 생각하는 그건가?"

"그렇다, 이것은 고와의 손가락이다."

이달헌은 다시 한 번 강조했다.

이것은 나의 의지와는 아무런 관련이 없으며, 자신은 그저 전달자에 지나지 않는다. 그걸 감안하고 들었으면 좋겠는데……

"그녀를 불구로 만들거나 죽이고 싶은 건 아니겠지? 그렇다면 내 말을 들어야 한다. 너는 지금 마음대로 할 수 있는 처지가 아니야. 네 스승은 어떤 짓이든 할 수 있는 인간이다."

양유는 대답 없이 우두커니 서서 이달헌의 손바닥 위에 놓인 손가락만 계속 보았다.

손가락의 전반적인 형태, 길이, 마디뼈와 마디 주름,
손톱의 모양과 손톱 결…….

너무 익숙했다.

고와의 것이 아닐 수가 있을까?

그가 한참 말이 없으니 이달헌은 불안한 듯 계속 말
을 걸었다.

"아직, 아직 기회는 있다. 고작해야 손가락 하나 아
닌가. 네가 원하는 것을 준다면 광억이 그녀를 핍박할
이유가 없지. 잘 생각해라, 제발."

"고작?"

양유는 광살마를 노려보았다.

"아니, 그런 뜻이 아니라……."

"도대체 고와가 뭘 잘못했지? 무슨 이유로, 무슨 권
리로 아무 잘못도 없는 여자애의 손가락을 자른단 말이
냐. 나는 도저히 이해할 수가 없다."

"권선징악, 사필귀정이라는 건 책에서만 나오는 얘기
지. 좋지 못한 때에 좋지 못한 상황이 닥치면 운명은
잔인하게 그 사람을 잡아먹는다. 그가 악하든 그렇지
않든 간에. 그런데 아직 너는 그 운명을 조종할 수 있
는 단계가 아니잖아. 자……."

그렇다면 고와는 도대체 얼마나 더 잔인한 운명의 장난에 휘말려야 하는 것인가.

대막에서도, 중원에서도 양유는 알 수가 없었다. 잘못은 광억에게 있지만 그녀에게 닥친 모든 재난은 자신으로부터 비롯되었다. 자신이 대막에 나타나지 않았더라면 고와의 부족은 몰살당하지 않았을 것이며, 그녀는 그곳에서 평화롭게 살지 않았을까?

그런 생각을 하니 미칠 듯이 괴로웠다. 양유는 피를 토하듯 외쳤다.

"스승은 대체 무슨 생각으로 이러는 거지? 나한테 바라는 게 도대체 뭐기에!"

"그건 그 자신 말고는 아무도 모를 것이다. 그러나 하나 확실한 건 있지."

"무슨?"

"자신이 못하는 것을 너를 통해 이루려 한다는 것. 지금까지 한 짓을 봐서는 네가 곱게 해줄지가 의문이지만, 워낙 철두철미한 인간이니 다 방책을 만들어두지 않았을까? 뭐, 그 정도 생각까지는 해봤다."

양유는 어쨌든 자기가 스승의 뜻대로 따를 수밖에 없다는 것을 깨달았다. 그는 고와의 고통, 손가락이 잘렸을 때의 아픔과 그 이후에 닥쳐들었을 상실감, 그런 일이 앞으로도 반복되리라는 것에 대한 현실을 도외시할 수가 없었다.

그는 결국 말하고 말았다.

"알았다. 하라는 대로 따르지."

이달헌은 반색하며 대답했다.

"잘 생각했다."

"그런데 당장은 곤란해. 군하경이 마태자란 놈한테 납치되었다. 그녀도 나에게 있어 고와만큼 중요하고, 또한 하경은 스승의 사손 아닌가. 일단 그녀를 구하는 게 서로에게 급선무. 스승이 나에게 원하는 것이 있다면 그다음에 들어줄 테니, 지금은 내가 할 일을 하게 내버려 둬."

광살마는 군하경의 납치 소식에도 별로 놀라지 않은 것 같았다.

"아, 그거 말인가? 굳이 네가 나서지 않아도 된다."

"뭐?"

"철검성에서도 이미 알아서 움직이고 있고, 네 스승도 사손을 되찾는 데 힘을 보태겠다고 공언을 했지. 걱정할 것 없다."

"그렇다면 하경에 대해서는 같은 입장인 거네. 마냥 싫다는 것도 아니고, 그녀를 구한 뒤에 이야기를 하자는 게 뭐가 문제야?"

"글쎄, 네 스승은 너와의 일이 더 급하다고 본다. 그는 당장 너를 원하고 있다. 그리고 그런 몸으로 뭘 할 수 있다고 생각하는 것 자체가 더 놀랍군. 슬슬 과부하가 걸릴 때 아닌가?"

이달헌은 단호했다. 양유에게 선택지는 고와를 살리든지 네 맘대로 행동하든지 둘 중 하나뿐이라는 것을 다시 상기시키며 다른 답안은 없다고 못을 박았다.

양유가 말했다.

"좋다. 다시 스승의 꼭두각시가 되어주지. 그걸 그렇게 원하는 사람이 많고 그를 위해서 관련 없는 사람까지 희생되어야 한다면 내가 어쩔 도리가 있겠나? 그래, 어디로 가면 돼?"

"아, 내가 어딜 좀 가자고 했지? 그건 잊어버리고, 네가 할 일은 매우 간단해. 그냥 자면 된다."

"그 말은……."

"물론 지금까지 하던 식으로는 아니지. 아무것도 하지 말고 그냥 자. 혈도 막지 말고 자연스럽게, 남들이

밤에 자는 것과 다를 것 없이."

광살마가 이렇게 말하는 것을 보면 지금까지 해온 게 맞았다는 생각이 들었다. 스승은 분명 과도할 정도로 집착을 하고 있다. 제자의 무공 증진을 위해 수단과 방법을 가리지 않으며, 그로 인해 사제 관계가 거의 끊어질 정도까지 됐는데도 전혀 개의치 않는다.

그런데 자신이 보통의 무림인으로서는 할 수 없는, 내력 봉인이라는 미친 짓으로 스승의 계획을 완전히 망쳤으니, 단순한 미친 짓으로 끝난 것은 아닌 셈이다.

그러나 그런 위험한 행각도 결국 여기서 막을 내리게 되었다.

"알았어. 근데 잠을 어디서?"

광살마는 땅바닥을 가리켰다.

"노숙을 하라고?"

"그런 거 따질 정신도 아니지 않나? 하늘을 이불 삼아 땅에 등 대고 한숨 자라. 점혈할 생각은 당연 말고. 어차피 내가 다 해혈할 거니까 괜한 짓 하지 마."

"음……."

"왜, 뭔 문제 있나?"

"아니, 전혀."

양유는 이달헌이 하라는 대로 했다. 맨바닥에 누워서 눈을 감았는데, 생각 외로 잠이 오지 않았다. 한기 때문에 오히려 정신이 또렷해지는 듯도 했다. 하여 백위신공의 양(陽)적 성질을 일으켜 운기하니 그럭저럭 잠자기 괜찮은 상태가 되었다.

그렇게 눈을 감고 생각했다. 다시 스승의 손바닥 위에서 놀아나게 생겼는데 도저히 거기에서 벗어날 수가 없다. 과연 이것 말고는 방법이 없는가.

대안은 떠오르지 않았고 곧 당연하게도 졸음이 쏟아지기 시작했다. 겨우 잠으로부터 막아두었던 둑이 무너지면서 걷잡을 수 없는 수면욕이 샘솟았다.

'방법, 방법…… 음…….'

생각이 이어지지 않았고, 양유는 곧 잠에 빠졌다.

기다렸다는 듯이 내력이 폭주하기 시작했다.

"헉!"

양유는 벌떡 일어났다. 바로 눈에 들어오는 것은 낡은 벽과 천장, 그리고 좀 좁은 편인 방 안이었다. 둘러보면서 뭐하는 곳인가 파악하려 했는데, 아마 이런 집은 중원에 수십만 채는 있을 것이다. 의미가 없었다.

그는 당장 이불을 걷어내고 일어섰다.

그런데 몸에 힘이 들어가지 않았다. 다리가 풀리며 풀썩 주저앉았다.

하도 많이 자서 이런가?

양유는 일단 운기를 하며 몸을 점검해 보기로 했다.

"아……!"

내력을 한 바퀴 돌린 양유는 탄성을 질렀다. 뭔가가 변했다.

그가 백위신공을 수련한 지 십 년이 넘었다. 세상에는 다종다양한 내공 심법이 존재한다. 각자 이상적으로 여기는 성질의 기운이 있으며, 그것을 어떤 방식으로 수련하느냐, 그리고 그 수련을 통해 실질적으로 어떠한 특유의 기운이 연마되느냐 하는 부분이 그 내공 심법을 다른 심법과 차별적으로 만드는 요소였다.

백위신공을 통해 연마된 기운은 일반적인 상태에서는 무색무취인 듯 별다른 특징이 없지만, 이를 극양(極陽)으로도, 극음(極陰)으로도 전환시킬 수 있는 가능성을 내포하고 있었다.

그런데 지금 자신의 단전에서 맥동하는 기운은 이제껏 느껴왔던 백위신공의 기운과는 어딘가 달랐다. 큰

특징이 없는 것은 같지만 더욱 세차며 강건했고, 무엇보다 끝이 보이지 않았다. 지금까지 그가 운용한 것이 큰 강물이라면 이건 바다, 그것도 대양(大洋)이었다.

운기를 하면 할수록 그런 생각이 들었다.

"그런데 이걸 좋아해야 하나?"

아직 확실한 것은 없지만, 내공 부분에서 몇 단계는 더 나아간 것 같았다. 그런데 강해져 봐야 무슨 소용인가. 그래 봐야 이는 전부 스승이 만든 것이고, 양유는 한 게 없었다. 오히려 그는 이런 결과를 막기 위해 지금까지 노력해 왔던 것이다.

양유는 참담한 표정을 짓고 있다가 다시 일어났다.

이번에는 쓰러지지는 않았는데 대신 엄청난 허기가 밀려왔다.

"윽."

창자가 배배 꼬였다가 한 번에 쫙 풀리는 게 아닌가 싶을 정도의 고통.

그는 배를 움켜잡고 겨우 문밖으로 나갔다.

밖에는 마당이 있고, 거기서 빨래를 널고 있는 여인이 있었다. 그녀의 얼굴을 본 양유가 돌부처처럼 굳었다.

여인은 빨래를 탁탁 털고 잘 펴서 빨랫줄에 건 다음, 고정하는 작업을 반복하는 데 신경을 기울이고 있어서 인기척도 느끼지 못하는 것 같았다.

양유는 겨우 입을 뗐다가 가물고, 다시 입을 열었다가 닫았다.

무슨 말을 해야 할지 모르기 때문에 하염없이 여인만 바라보는데, 여인이 빨래를 다 널 때까지 그러고 있었기 때문에 곧 그녀가 양유를 발견하게 되었다.

"아, 일어났군요!"

여인은 빨래 통을 내던지고 달려와서는 양유를 껴안았다. 양유는 저항도 못하고 여인의 접근을 허용했다.

익숙한 체취, 익숙한 촉감.

솔직히 그립지 않았다고 한다면 거짓말이었다. 그러나 양유는 수옥을 밀어냈다.

"아……."

수옥은 눈을 내리깔며 잠깐 슬픈 기색을 보였지만, 이내 다시 바짝 다가와서 양유의 이마에 손을 대거나 목을 만지는 등 야단이었다.

양유에게는 그녀의 몸짓이 자신과의 어색한 공백을 메우기 위한 불필요한 동작인 것처럼 느껴졌다.

그가 말했다.

"뭘 그렇게까지 그래요? 뭔 대단한 일이라고……."

수옥은 고개를 흔들며 아니라고 외쳤다. 심지어는 눈물도 약간 글썽였다.

"얼마나 오래 자고 있었는 줄 알아요?"

"예? 길어봐야 한 이틀, 사흘?"

"아뇨, 석 달이 지났어요! 그동안 내가, 내가 얼마나 마음 졸이고 지켜봤던 줄 알아요? 어르신이 말씀한 날짜는 한참 지났는데 유는 깨어날 생각을 안 하지, 어르신은 연락도 닿지 않고… 정말 어떻게 해야 할지 몰랐는데……."

수옥은 당장에라도 울음을 터뜨릴 것만 같았다. 양유는 자신이 석 달이나 누워 있었다는 데에 놀라지만, 일단 수옥을 먼저 진정시켜야 할 것 같아서 그녀의 손을 잡고 눈을 바라보았다.

"어쨌든 안 죽고 살았잖아요."

"미, 미안해요. 유에게 화낼 일이 아니었는데……."

그리고 두 사람은 한참 말이 없었다.

수옥은 감정을 추스르느라, 양유는 그녀와의 관계 설정을 대체 어떻게 해야 할지 알 수가 없어서 그냥 가만히 있었다.

수옥은 냉정히 생각하면 스승이 자신을 통제하기 위한 수단으로서의 역할을 했다고 할 수 있었다. 그녀와 정이 깊어질수록 스승이 자신을 쥐고 흔드는 힘이 더 강해지는 것이다.

만약 고와가 없었다면 스승은 수옥의 목숨을 담보로 자신을 흔들었을 것이라 생각할 수 있었고, 그렇다면 거절할 수 있었을까?

또한 수옥은 방조자였다. 그녀가 진정으로 자신을 생각했더라면 그래서는 안 되는 것이었다. 그러나 양유는 또한 그녀를 이해했다. 스승의 명령이 있기에 자신을 돌본 것이지만, 적어도 십 년간 그녀가 자신에게 보인 애정과 관심은 거짓이라고는 할 수 없었다. 그런 수옥이기에 충분히 고민하고 괴로워했으리라는 것은 알 수 있었다.

수옥의 유일한 잘못은 스승이 만든 장기판 위에서 스승이 설정한 역할을 충실히 수행했다는 것, 그것뿐이다. 그렇기에 더욱 그녀의 처지를 이해하면서도 그럴수록 스승의 의도에 놀아나는 것이기에 양유는 수옥을 어떻게 대해야 할지 몰랐다.

"윽."

그렇게 침묵만 오고 가던 중에 양유가 얼굴을 찡그렸다.

수옥이 놀라 물었다.

"왜, 어디 아파요?"

"아니, 배가 고파서······."

"아, 내 정신 좀 봐! 당연히 배가 고프겠죠. 빨리 식사 준비할 테니 안에서 기다려요."

수옥은 죽을 쒀 오겠다며 황급히 주방으로 갔다.

양유는 그 자리에서 자기 몸을 점검했다.

자신이 석 달간 이부자리에 파묻혀 있었다는 수옥의 말은 사실인 것 같았다. 그렇지 않고서야 자기 몸에서 이렇게 이질감이 느껴질 리 없다. 일어나서 가볍게 움직여 보았는데, 정말 딴 몸으로 바뀐 것만 같았다. 물론 안 좋은 쪽으로.

근육이 많이 줄어서 전반적으로 쇠해진 느낌이 들었다. 하지만 겉만 그럴 뿐, 내관(內觀)해 보면 이쪽 부분에서의 발전은 눈부셨다.

양유는 섬혼영을 펼쳐 보았다. 내력을 동원하여 살짝 발을 튕기니 몸이 허공으로 붕 떠올랐다. 거의 지붕 높이까지 올랐는데, 허공에서 한 바퀴 돌고 사뿐 착지했다. 마지막에 균형을 못 잡아서 약간 기우뚱했지만, 확실히 내공 운영 면에서는 월등히 가벼워졌다는 것을 알 수 있었다.

"유, 준비 다 됐어요. 얼른 와요."

몇 가지 더 실험해 보려는데 수옥이 불렀다. 양유는 순순히 방으로 갔다. 배가 너무 고파서 자존심을 내세울 상황이 아니었다.

죽 한 그릇을 다 해치우는 데는 찰나면 족했다. 그때마다 수옥은 더 덜어 주었고, 서너 그릇을 비우니 그제야 허기가 가라앉았다.

양유는 숟가락을 내려놓으며 물었다.

"그럼 이제 어떻게 되는 거죠?"

"네?"

"시킬 게 있으니까 날 이렇게 만든 거잖아요. 이제 뭘 하면 되는 거예요?"

양유는 최대한 감정을 절제하며 말을 했지만, 속 안에 담긴 뼈를 완전히 숨길 수는 없었다.

수옥의 낯빛이 어두워졌다.

"그, 그게……."

"왜요?"

그녀는 겨우 말을 했다. 양유가 언제 깨어날지 모르기 때문에 그전까지는 자신이 계속 돌보고, 정신을 차리면 그때 광억에게 연통을 보내기로 되어 있다고 털어놓았다.

"흠, 그래서 보낼 건가요?"

수옥은 대답하지 못했다.

광억의 말을 어길 것인가, 아니면 자식과도 같은 양유를 다시 광억에게 가져다 바칠 것인가.

그녀에게는 그런 문제로 여겨졌고, 그녀 입장에서는 어느 쪽도 선택하기 힘든 양도(兩刀)적 상황이었다.

그녀의 안절부절못하는 모습에 양유는 피식 웃고 말았다.

"보낼 거면 빨리 보내요. 어차피 난 잡힌 몸인데 여기서 도망칠 거면 오지도 않았어요."

"……미안해요."

"음……."

수옥은 진심으로 미안해하는 듯 보였다. 그런 모습을 보아도 답답하기만 했다. 일말의 잘못을 추궁하여 사과를 받아봐야 달라지는 건 아무것도 없기 때문이었다.

"그만해요, 이제. 수옥을 탓한다고 문제가 해결되는 것도 아니고 말이에요. 물론 예전 같을 수는 없겠죠. 하지만 지난 십 년간 수옥이 나에게 준 것, 그것을 아예 잊고 싶지는 않아요."

양유는 고심 끝에 말을 꺼냈다.

수옥은 어떻게 생각하는지…….

그녀는 거의 울 것 같은 얼굴이었다.

"유……. 나, 나는……."

그녀는 어찌할 바를 몰라 했다. 결국 왈칵 눈물을 쏟는데, 이러니 양유는 더 난감해졌다.

수옥이 광억에게 연통을 넣고 답이 오기를 기다리는 며칠 동안 양유는 예전의 몸을 되찾기 위한 노력을 기울였다. 내공 수련은 의미가 없어서 근력 운동 위주였는데, 정말 간만에 땀을 엄청 흘렸다.

내공을 사용하지 않고 힘을 쓰니 고수라도 별수 없었다. 양유는 긴숨을 내쉬며 뒤로 발라당 누웠다.

"어, 뭐야?"

양유는 인상을 썼다. 보기 싫은 얼굴이 눈에 들어왔기 때문이다.

"오랜만이군."

이달헌의 여전히 빼빼 마른 얼굴. 그는 말을 마치기가 무섭게 양유의 머리맡에다 무언가를 툭, 던졌다.

"뭔데?"

"네 스승이 주라고 했다. 열어보고 거기 쓰여진 대로 하면 된다."

그가 건네준 것은 잘 봉해진 서찰이었다. 양유는 윗부분을 죽 찢어서 안에 있는 것을 꺼냈다. 그 안에 적힌 내용은 다음과 같았다.

친애하는 나의 제자 양유에게.

축하한다. 이 편지를 읽고 있다는 것은 이제 네가 내 제자 중 최고가 되었음을 의미한다.

수많은 시도가 있었지만, 너만큼 잘된 사례는 찾아보기 힘들 것이다. 네가 이를 달갑지 않게 여길 수도 있으나 그건 내 알 바가 아니다.

"아니, 놀리려고 이러는 건가?"

양유는 이달헌에게 서신을 보이며 같이 어이없어 해주기를 원했다.

그러나 그는 딱 잘라 말할 뿐이었다.

"계속 읽어라."

아무튼 네가 할 것은 이것이다.

상관세가로 가라.

가서 아무도 모르게 조용히 지내고 있기를 바란다.

편지의 내용은 그것으로 끝이었다.

양유가 물었다.

"상관세가는 왜?"

"나한테 묻지 마라. 나는 모른다."

"그래도 추측해 볼 수는 있잖아. 보고 들은 게 있을 테니."

"아니."

그는 자신은 단순한 전달자일 뿐이고, 너와 네 스승 사이의 일에 끼고 싶은 생각이 전혀 없다고 했다. 자신은 철저한 제삼자, 누구의 편도 아니고, 이 일에 대해 아무 관심이 없다는 것이었다.

그는 관심이 없다기보다는 아예 관심을 두지 않으려는 것 같았다.

"단순히 약속을 이행하는 것뿐이다?"

"그래. 이 일만 마치면 나는 네놈도, 네 스승도… 꼴도 보기 싫은 인간들 전부 없는 곳으로 갈 것이다."

그렇게 말하는 이달헌은 몹시 우울해 보였다. 이건 원래 얼굴이 이래서 기쁘든 슬프든 간에 다 똑같아 보일 수도 있는 것이기 때문에 정확히 그가 어떤 감정 상태인지는 알 수 없었다.

"언제까지 가야 하지?"

"빠르면 빠를수록 좋다."

"아직 몸이 덜 돌아온 느낌인데……."

"하긴."

이달헌은 며칠 더 쉬고 싶으면 그러되, 최대한 빨리 출발해 달라고 했다.

"지금 무림은 격변기다. 하루가 지나면 문파 하나가 문을 닫고, 어제의 고수가 오늘은 폐인이 되어 있기도 하지. 상관가는 이미 한 번 침공을 당했던데, 폐가가 되기 전에는 가보는 게 좋을 것이다."

저 방에서 누워 있는 동안 대체 무슨 일이?

양유는 지금 상황이 어떻게 돌아가고 있는지 물었다.

"개판이지. 마문이 사대마문을 원활히 흡수하면서 순

식간에 초거대 문파로 변모했다. 놀라운 일이지. 마문 부활을 선포함과 동시에 삼대마문이 그들 밑으로 들어 갔고, 그러자 하는 수 없이 마문 세력과 거리가 멀던 신의마문도 그들을 따르기로 결정했지. 모든 마도 세력 이 단번에 마문에게로 빨려 들어갔다. 전 무림은 긴장 상태로 마문의 다음 행보를 주목. 그런데 마문은 의외 로 유화적인 태도를 취했다. 마태자는 정도무림에 전면 전을 선언했으나 패도와 사도와는 싸울 뜻이 없음을 밝 혔지."

"엥? 그건 좀……. 그런 개소리를 누가 믿지?"

"그런데 믿더군. 마문은 첫 발호 때 정도무림에 의해 떼 몰살을 당했기 때문에 이번 발호는 그들에게 복수하 는 것이 목표일 뿐, 무림 정벌에는 관심 없다. 이것이 마태자의 입장이었고, 사도가 항상 우리는 정도와 함께 정파를 대변한다고 말은 하지만, 실제로는 땅 사면 배 아픈 사촌 보듯 한다는 건 다 아는 사실 아닌가. 세가 연합은 결국 결성되지 않았고, 뿔뿔이 흩어진 각 세가 는 곧 마문에 의해 각개격파되어 잿더미가 되고 말았 다."

양유가 생각하기에 그건 말이 안 됐다.

"마문이 걔네 자식들을 납치하려고 했잖아. 결국 수포로 돌아가긴 했지만. 그런데 싸울 뜻이 없다는 말을 곧이곧대로 믿어?"

"욕심 때문에 눈이 먼 거지. 삼성도 정마 사이의 일이니 간섭하지 않겠다고 했거든. 패도가 전력을 비축하는데 왜 우리가 무익한 피를 흘려야 하는가. 그런 생각에 빠지니 맑은 판단이 나올 리가 없지. 물론 마문을 어떻게 믿느냐는 강경파도 있었지만, 세가 연합은 열여섯 세가가 모인 연합체. 분열이 안 될 수가 없는 구조다 보니……."

"그래도 이해가 안 된다. 다들 머저리인가?"

"최선의 선택만 하려다 보면 그게 최악의 수가 되는 경우가 있지."

"흠……."

납득이 안 되지만 양유는 그러려니 했다. 자기 일도 아니기 때문이다.

광살마는 궁금한 건 이제 없느냐고 물었다.

"아직 가장 중요한 얘기를 안 해줬거든? 군하경은 찾았나?"

이달헌은 고개를 끄덕였다. 그녀는 이미 몇 달 전에

철검성으로 돌아왔다고 했다.

"흠, 다행이군……. 알았어."

"간다, 그럼."

광살마는 떠나면서 마지막으로 당부했다. 기왕 스승에게 협조하기로 했다면 끝까지 해주기를 바란다는 말을 시작으로 너나 나나 광억에게 진짜 질기게 엮였는데 그의 성격을 잘 아니 이럴 때 몸부림쳐 봐야 더 세게 조여질 뿐이라는 것도 알지 않느냐, 가만히 힘을 빼고 자연스레 빠져나갈 수 있게 되기를 기다리는 것이 상책이라는, 체제 순응적이고 다소 운명론적인 듯도 한 주장으로 끝을 맺었다.

양유가 말했다.

"뭔가 착각하는 모양인데, 너하고 난 같은 편이 아니야. 너는 감시자고, 나는 감시당하는 대상인데, 도대체 동지애가 싹틀 부분이 어디에 있지? 착각이라면 집어치우고, 생각해 주는 척이라면 속 보이니까 그만해."

"음……."

이달헌은 뭔가 반론을 하고 싶은 듯해 보였으나 그래 봐야 의미 없다고 생각한 듯 몸을 돌려 떠나갔다.

양유는 이 외딴집에서 수옥과 며칠을 더 보냈다. 자고 일어나서 수옥이 해준 밥을 먹고 수련하고, 다시 먹고 수련하고 자고 하는, 매우 단조로운 일과지만, 최근 일 년을 생각하면 이보다 충실할 수가 없었다.

당장은 회복해야겠다는 목표가 있으니 딴생각할 틈이 없고, 따라서 허무나 좌절도 없다. 아니, 없다기보다는 가려진다는 말이 더 맞았다. 허무감이 밀폐되니 어느 정도 사람이 명랑하게 변하고 긍정적인 시각도 생기게 되었다.

그러나 스승이 자신에게 무엇을 원하는지 모르기에 이따금 현실을 지각할 때면 허무와 함께 미지가 주는 두려움도 동시에 찾아왔다.

수옥과 함께 지내는 세계는 안정되었고 걱정이 없는 반면, 그 바깥은 혼돈의 도가니이고 배신과 뒤통수가 난무했다. 그러나 영원히 이대로 있을 수 없다는 것 정도는 양유도 알고 있었다.

양유는 마침내 수옥에게 말을 꺼냈다.

"이제 가야겠어요."

수옥의 반응은 예측 가능했다. 양유를 다시 떠나보내는 것은 싫지만, 그녀는 어떤 상황이든 다 감내하며 지내는 데에 익숙했기 때문에 슬픈 표정으로 고개만 끄덕였다.

"그래야겠죠……?"

양유는 수옥이 바리바리 싸 주는 짐을 챙겨 들고 문밖에 섰다. 수옥은 다가와서 양유의 손을 꼭 잡았다. 그녀는 여전히 아름다웠지만, 밝은 햇살 아래에서 보니 전보다 약간 늙은 게 보였다.

그런 모습을 보며 양유는 자연스레 연민을 느꼈다. 여전히 수옥에게 섭섭한 부분은 있지만, 그것을 더 이상 물고 늘어져 봐야 별 의미가 없다는 것을 막 깨달았다. 연민과 애정을 느끼는 상대에게 가지는 원망의 감정은 결국 사랑과 관심의 다른 표현밖에 될 수 없었다.

수옥이 말했다.

"조심해요."

전에도 이런 적이 있었다.

백암산을 떠날 때와 지금. 배웅하는 상황은 같지만, 각각에 담긴 감정의 깊이나 단순히 자식 같던 양유를 세상으로 보냈을 때의 그 아쉬움과 절로 눈가가 떨릴 정도의 비감(悲感) 사이에는 큰 차이가 있었다.

"나, 나는 유가 잘못된다면 어떻게 해야 할지 알 수

가 없을 것 같아요. 그러니……."

"어떡하긴요, 잿밥이나 많이 주세요."

수옥은 겨우 웃었다.

"머리 깎고 산으로 들어갈까요?"

"아뇨!"

양유는 갑자기 웃음기를 싹 빼고 말했다.

"절대 그러지 마요! 수옥이 뭘 잘못했다고 그래요? 안 그러겠다고 약속해요."

양유가 너무 진지하기에 수옥은 압도되어서 알겠다고 했다.

"휴, 농담으로 한 말이라는 건 알지만, 농으로라도 그렇게 생각하지 않았으면 해서예요. 왜 나 때문에 자기 삶을 내던져요?"

"그래요, 내가 잘못했어요."

수옥은 그녀답게 순순히 사과했다.

양유는 갑자기 눈물이 핑 돌 것만 같았다.

"이게 어떻게 끝날지는 모르겠지만, 한 가지는 약속할게요. 가능하다면, 할 수 있다면 꼭 돌아오겠다는 것. 그러니까 기다려 줘요."

수옥은 알겠다고 했다. 그녀는 좀처럼 양유의 손을

놓지 못했다.

양유는 겨우 손을 빼냈다.

"그럼."

양유는 황급히 뒤돌아 떠났다. 눈시울이 붉어지는 것을 보이고 싶지 않았기 때문이다.

이 역시 스승이 의도한 것일까?

수옥이 여기 있는 건 당연히 스승의 안배였다. 모든 것이 스승의 의도 없이 이루어지는 일은 없었다.

그렇다면 이 감정도 스승이 만들어낸 것일까?

양유는 그건 알 수 없다고 생각했다. 설혹 그렇더라도 의미 없는 감정은 아니라고 또한 생각했다.

자신의 감정은 자신의 것. 스승이 만드는 것이 아니라 자신이 만드는 것이다. 이러한 마음가짐 없이는 절대 스승을 극복할 수 없다. 양유의 의지는 그 어느 때보다 굳었다. 섬혼영을 펼치며 상관가로 향하는 그의 발걸음은 굳건했다.

상관가까지의 거리는 그리 멀지 않았다. 내공 부문에서의 발전은 자연히 경공에도 미쳤고, 최고 속도로 얼마든지 달려도 지침이 없었다.

며칠 지나지 않아 양유는 목적지에 도착했다. 근처 마을에서 잠깐 쉬고 갈 참으로 약간 이르게 속도를 줄였는데, 평소 같으면 북적거려야 할 마을에 사람이 아무도 없었다.

다들 집에 우환이 있어 밖에 안 나오는 건가 싶어 민가에 문을 두드려 보아도 아무 반응이 없었다. 몇 군데 더 그러고 다녀도 마찬가지였다.

"그래봐야 소용없다우. 다들 떠났으니."

양유의 뒤로 한 노인이 어슬렁 다가오며 말했다. 그는 이곳 마을 주민인 듯했는데, 매우 늙어서 조금 걷는 데도 무척 힘들어했다.

"그게 무슨……."

"마문인지 뭔 문인지 하는 놈들 때문에 다 피난을 했지 뭐요."

"아무리 마도라고 해도 민간인까지 건드립니까?"

노인은 혀를 끌끌 찼다.

"젊은이가 뭘 모르는군. 이미 쑥대밭이 된 마을이 한두 곳이 아니라네."

"다들 어디로 갔는데요?"

"뭐, 의탁할 곳이 있는 사람들은 멀리멀리 떠났지.

아닌 사람들은 세가 안으로 들어갔는데, 과연 앞으로도 잘 버틸 수 있을는지…….

"그런데 어르신은 왜 여기 계십니까?"

양유의 질문에 노인은 허허, 웃었다.

"그놈들이 아무리 악귀 같다고 한들 살 만큼 산 노인을 해치겠나? 설혹 해친다 해도 도망갈 기력도 없고, 별로 그러고 싶은 생각도 안 들어. 여기 있어야지."

"저도 지금 상관가로 가는 길인데, 모셔다 드릴까요?"

노인은 고개를 저었다.

"가려고 했다면 진작 갔지. 난 그냥 살던 곳에서 죽고 싶으니, 젊은이나 어서 피하게."

그는 혹여 양유가 자기를 도와주려 할까 걱정되는지 얼른 몸을 돌렸다.

마을을 지나 상관세가에 가까워질수록 주변 풍광은 더욱 을씨년스러워졌다. 그런데 세가 정문에 도착하자 거기서부터는 분위기가 약간 달라졌다.

세가 무사들이 허리춤에 손을 얹고 눈을 번득이며 주위를 경계하는 몹시 살벌한 현장. 마치 살얼음 위처럼 건드리면 무너져 내릴 듯한 민감하기 그지없는 공간에 양유가 그 위로 발을 내디뎠다.

"웬 놈이냐!"

양유의 출현에 두 명의 세가 무사가 검을 빼 들고 앞을 막으며 그를 위협했다. 시선을 들어 올리니 담장 위에서 서너 명이 이쪽으로 쇠뇌를 겨누고 있는 것이 보였다. 양유는 저들을 좀 진정시킬 필요를 느꼈다.

"웬 놈이긴요. 저 몰라요? 저 여기서 세가 무사로 일했는데?"

세가 무사들은 '쟤 알아?' 하고 서로에게 물었다.

다들 초면이라는 말만 하는데, 그도 그럴 것이, 양유는 상관세가에 있을 동안 대부분 동주방에 있었으니 세가 무사들과 안면을 틀 기회가 별로 없었다. 대문에서 경비 근무를 선 적은 있지만, 그때 알던 사람들은 정말 소수라 보이지 않았고, 상관소혜를 호위하면서 사귀었던 이들, 이준과 금현은 다 황천에 가 있지 않은가.

"수상한 놈이군. 항복하지 않으면 험한 꼴을 볼 것이다! 순순히 투항하라!"

세가 무사들은 당장에라도 검을 휘두를 기세였다.

양유는 슬금슬금 뒤로 물러나며 말했다.

"아, 진짜 억울하네……. 그럼 이렇게 합시다. 내 신원을 보증해 줄 사람들, 세가 안에 많이 있어요. 같이 가서 내가 진짜 수상한 놈인지 아닌지 확인해 봅시다."

양유가 이리 당당하게 나오니, 그리고 사실 크게 위협적으로 보이지도 않아서 세가 무사들은 어떻게 할까 하고 수군수군했다.

곧 그들은 결정을 내렸다.

"받아라!"

날아온 것은 한 꾸러미의 포승줄이었다.

"이걸로 뭘?"

"알아서 잘 묶어라."

양유는 어이가 없어 물었다.

"혼자서 하라고요?"

"그렇다."

"이걸 어떻게 혼자 합니까?"

"네놈이 우릴 기습할지 우리가 어떻게 아느냐?"

"나참⋯⋯."

결국 양유는 시키는 대로 했다.

이런 건 대개 남이 해주기 마련인데 스스로 하려니 여간 어려운 게 아니었다. 양유는 몸을 배배 꼬고 최대한 유연성을 발휘해서 자기 손을 자기가 묶었다. 그야

말로 자승자박(自繩自縛)!

그러나 세가 무사들은 제대로 안 묶었다며 더 세게 조이라고 야단이었다.

"봐요! 이래도 안 빠지는 거."

양유는 양팔을 움직여 포승에서 벗어나려는 모습을 보여주었다. 그러나 밧줄은 더 세게 손목을 조여올 뿐이었다.

"흠, 괜찮겠지?"

무사 한 명이 오더니 포승줄과 양유의 뒷덜미를 각각 잡아 그를 대문 안쪽으로 끌고 들어갔다. 좀 이상한 방식이긴 하지만, 어쨌든 상관세가로 다시 돌아오는 데는 성공을 했다.

양유를 데리고 가는 세가 무사는 눈코입이 두드러지고 수염이 까맣게 난, 그야말로 전형적인 산도적형 얼굴이었다.

산도적이 그에게 물었다.

"그래서, 네 신원을 보증해 줄 사람이 누구지? 말을 해봐라."

"음……."

양유는 자기가 아는 상관세가 사람을 떠올려 보았다.

사실 전부 친하다고는 할 수 없는 이들이었다. 양유가 말을 안 하고 있으니 산도적은 이를 수상히 여겼다. 그는 방금 말한 것이 거짓말이라면 경을 칠 줄 알라면서 눈을 부라렸다.

"아니, 사람을 어떻게 보고! 나 여기 아는 사람 많다니까!"

"그러니까 누군데?"

"일단 백호조 진하성 조장……."

그래도 우선 이름을 댈 만한 사람이라면 그였다. 그런데 산도적은 그 말을 듣고 웃었다.

"감히 진 조장님을 들먹여? 네가 진 조장님하고 아는 사이면, 나는 가주님하고 불알친구다, 이놈아!"

그는 양유의 뒤통수를 후려쳤다. 양유는 굳이 피하지 않고 맞았다. 산도적은 계속해서 이죽거렸다.

"또 뭐? 가주님도 안다고 하지?"

사실이 그러했지만 믿지 않을 것이 뻔했다. 양유는 이걸 대체 어떻게 해야 하나 머리를 굴려보았지만, 뾰족한 수가 떠오르지 않았다. 그런데 어딘가에서 그의 이름을 부르는 소리가 들렸다.

"양유! 너 뭐야!"

알 듯 모를 듯한 목소리.

양유는 주위를 둘러보았다. 자신을 부른 이를 발견한 그의 눈에 낭패한 빛이 흘렀다.

31장 상관가에서

"너, 너……!"

양유를 알아본 사람은 상관소혜였다. 그녀는 한달음에 다가와서 양유에게 물었다.

"네가 왜 여기 있는 거야?"

"그럴 만한 이유가 있어서."

양유는 정말 다른 사람은 몰라도 상관소혜와는 마주치지 않기를 바랐다.

그녀는 흥, 하며 비웃었다.

"마문도들 다 때려잡을 것처럼 온갖 멋있는 척은 다 하더니, 왜 다시 세가로 기어 들어왔는지 그 말로는 설명이 안 되는데?"

이럴 것 같아서였다.

상관소혜는 계속해서 온갖 가시가 돋친 말로 양유를
공격했다. 그녀 딴에는 열심히 비꼰다고 하는 것이지
만, 제삼자에게는 둘이 친해서 투닥거리는 것으로 보일
수가 있었다.

상관소혜는 세가 내에서 성격 더럽기로 그보다 유명
할 수가 없는데, 양유는 태연히 반말을 하고, 그녀는
그것을 그냥 받아들인다. 그런 모습을 보는 산도적은
놀라 어찌할 바를 몰라 했다.

"아, 아가씨, 혹시 아는 분이신지?"

이 맹랑한 아가씨는 없는 트집도 만들어서 잡는 성격
이라 진짜 그녀한테 실수했다면 어떠한 괴롭힘을 당할
지 생각만 해도 몸서리가 쳐진다. 지금 자신은 그녀의
친인을 묶은 채로 끌고 다니는 중인데, 이 일을 어쩌란
말인가. 산도적은 생긴 것과는 달리 겁이 많은 것 같았
다.

"알지, 아주 잘."

"앗! 뭔가 착오가 있었나 보군요……. 빨리 풀어드리
겠습니다."

산도적은 검을 꺼내 포승을 자르려 했다.

하지만 상관소혜가 제지했다.

"잠깐, 그냥 둬."

"예?"

"이 인간은 내가 알아서 할 테니까, 넌 하던 일이나 하러 가라고."

"아, 예예……"

도대체 그녀가 무슨 생각을 하는지는 모르겠지만, 일단 자기한테 화를 쏟아내려는 것 같지는 않았다. 산도적은 상관소혜의 마음이 바뀌기 전에 사라져야겠다 생각했다. 꾸벅 인사하고는 바삐 멀어져 갔다.

"자, 가자!"

산도적이 사라지자 상관소혜는 그의 역할을 대신하여 양유의 포승을 잡았다.

양유가 물었다.

"너, 이거 내가 그냥 풀 수 있다는 걸 모르고 그러는 건 아니지?"

"그러기만 해봐. 내가 소리 지르는 거 하나는 엄청 잘하거든?"

그녀는 목청을 가다듬었다.

"꺄아약! 이 인간이 날 만졌어요!"

양유는 시큰둥했다.

"손이 이런데 잘도 믿어주겠다."

"그럼 이건 어때? 이 사람이 이러고 다녀서 우습게 보일지는 몰라도 실은 무시무시한 고수래요!"

"목소리 낮춰!"

양유는 계속 자신의 진면목을 숨길 생각이었다. 스승이 편지에 적은, 조용히 지내라는 말대로 하기 위해서였다. 그걸 상관소혜가 바로 못하게 만들고 있으니, 자연 조용히 하라며 소리를 높이게 되었다.

"어? 이건 그래도 통하네? 못하게 하고 싶어? 그럼 내가 하라는 대로 따르기나 해."

하는 수 없이 알겠다고 했다. 이로써 상관소혜에게 완벽히 약점을 잡혔다. 그녀가 절제하는 인간상도 아니라 시도 때도 없이 써먹을 것이 분명했다.

상관소혜는 묶인 양유를 앞세우고 뒤에서 이리로 가라 저리로 가라 명령했다.

양유는 그녀가 말하는 대로 했다.

세가 안은 사람들로 어마어마하게 북적거렸다. 사람 숫자만 놓고 보면 천하제일가가 부럽지 않을 정도였다.

문제는 상관가는 상업으로 일어선 가문이라 무사가 아닌 가솔도 많았고, 대부분은 마문을 피해서 온 사람들이라 전력에는 아무 도움이 안 된다는 것이었다.

피난민들은 피곤과 굶주림에 찌들어 봇짐을 깔고 앉아 절망한 낯빛을 띠고 있었다. 그런데 양유는 거기서 위화감 같은 것을 느꼈다. 그는 잠시 발걸음을 멈추고 주위를 둘러보았다.

"뭐야!"

"아니, 뭔가 좀 이상한 것 같아서."

상관소혜가 보기에는 전혀 이상한 부분이 없었다. 그녀는 포승줄을 말고삐 잡듯 흔들며 괜한 소리 말고 어서 가라고 재촉했다.

다시 출발. 어느덧 둘은 세가의 심처(深處)로 들어가고 있었다. 점점 사람이 줄어들고 전각은 높아만 갔다. 여기서부터는 무림인 아닌 사람을 거의 찾아볼 수 없었다.

상관소혜는 전각 중 한 곳으로 양유를 데리고 갔다. 이곳은 여러 사람이 들고 나며 다들 분주해 보였다. 경비 또한 삼엄했다. 그럼에도 그녀를 제지하는 사람은 없었다. 포승에 묶인 사람을 데리고 오는 게 일상적인 일은 아니기 때문에 호기심을 갖고 바라보는 이들은 있지만, 그녀에게 무슨 일인지는 아무도 물어보지 않았다.

상관소혜는 포승을 약간 풀어 길게 늘어뜨리고는 자기가 앞장서서 갔다. 양유는 전각의 가장 안쪽까지 죄인처럼 끌려갔다.

거기서 양유는 또 마주치기 싫은 사람을 보게 되었다.

상관소혜는 생글생글 웃으며 그에게 인사했다.

"어머, 진 조장님 아니세요?"

아무리 그녀라도 진하성에게는 막 대하지 못하는 것 같았다.

진하성은 그녀를 보곤 눈살을 찌푸렸다.

"가주님을 뵈러 오셨습니까? 지금 바쁘십니다."

"그래요? 그런데 제가 데려온 사람을 보면 그런 말 못할걸요?"

상관소혜가 옆으로 비켜서자 양유와 진하성은 마주 보게 되었다.

진하성의 얼굴이 굳어졌다.

양유 또한 그와 별로 할 말이 없었다.

먼저 입을 연 것은 진하성이었다.

"여긴 또 웬일이지?"

둘이 초면이 아니라는 것은 누가 봐도 명백했다.

상관소혜가 물었다.

"두 사람, 서로 알아요?"

"뭐……."

진하성은 고개를 끄덕이며 긍정했다.

그녀가 말했다.

"그건 뭐 아무래도 좋아요. 그래도 얘가 고수라는 건 몰랐을걸요? 숙부님한테 말씀드릴 겸 해서 왔는데, 지금 조금 바쁘신 게 중요한가요?"

그 말에도 진하성은 같은 태도였다.

"바쁘십니다. 다음에 뵈시길."

상관소혜는 인내심이란 개념을 어딘가에 팔아먹고 온 여자다. 그녀에게 이 정도면 정말 어마어마하게 참은 것이다. 상관소혜는 말이 안 통한다고 판단, 진하성을 무시하고 지나가려 했다.

진하성은 황급히 그 앞을 막아섰다.

"내가 숙부님 바쁠 때 온 게 한두 번이에요? 갑자기 왜 이래요?"

"지금은 전시입니다. 평상시와는 다릅니다."

상관소혜는 그래도 상관없다, 진하성은 아니다, 상관 있다, 그러면서 옥신각신하는 순간, 집무실 문이 열렸다.

방문객이 나오더니 갸웃하며 세 사람 사이를 지나갔다.

"이제 안 바쁘시죠?"

상관소혜는 득의하여 진하성을 보았다.

그는 대답하지 않고 있다가 갑자기 어딘가로 가버렸다.

"갑자기 왜 저러지? 원래도 성격이 좀 이상하긴 했지만 저 정도는 아니었는데……. 하긴 지금 제정신인 사람이 없겠구나."

그녀는 짧은 고찰을 마치고 양유를 끌어 가주의 집무실로 들어갔다.

상관호는 서탁에 양 팔꿈치를 대고 양손 엄지를 모아 미간을 지탱하는 자세로 잠시 쉬고 있었다. 그는 질녀가 들어오는 것을 보곤 반가이 맞이했다.

"아, 혜구나……. 무슨 일이지?"

그는 무척 피곤해 보였다. 그렇지만 그런 내색을 하

지 않으려는 듯, 웃으며 질녀를 맞았다. 그러다 그녀의 뒤로 양유가 모습을 드러내자 상관호의 눈에 이채가 떠올랐다.

그가 말했다.

"이게 누구신가! 은둔 고수께서 어쩐 일로?"

상관소혜는 포승줄을 흔들며 환히 웃었다.

"제가 잡아왔어요. 그런데 말씀을 들어보니, 숙부님께서도 알고 계셨던 것 같은데……."

가주는 그렇다고 했다.

"그럼 혹시 진 조장님도?"

"그도 알고 있지."

"아, 저만 몰랐군요……."

그녀는 좀 시무룩해하는 듯했다. 자기만 알고 있는 비밀이 사실 남들과 다 공유되고 있었으니, 그럴 법도 했다.

상관호가 말했다.

"그건 이제 좀 풀지. 약한 척하고 다니는 것도 참 고생일세."

양유가 내력을 끌어 올려 양팔에 힘을 주니 굵은 포승줄이 힘없이 끊어졌다.

"오랜만입니다."

양유는 포권하며 가주에게 대강 예를 갖추었다. 삼십삼존쯤 되니까 양유가 이 정도나 하는 것이지만, 일반적인 기준으로 보면 정말 무례했다.

그러나 상관호는 별로 신경 쓰지 않는 듯했다.

"그렇게 잡으려고 할 때는 가더니, 놓아주니 다시 온다……. 세상사 이치가 참 오묘하군."

"그러게 말입니다."

상관소혜가 끼어들었다.

"그래도 양유가 얼마나 고수인 줄은 모르시죠? 마문도도 간단히 이기고, 용봉회 후기지수란 놈들을 어린애 다루듯이 할 정도였어요. 대단하지 않나요?"

그녀는 양유가 얼마나 대단했는지 장황하게 부연했다. 사실 그녀는 양유가 거대 괴인과 싸울 때는 기절해 있었고, 소호변 주루에서는 숨어 있느라고 싸움 장면을 아주 제대로 보지는 못했다. 사실 다 보았다 해도 별 의미가 없는 게, 그녀는 고수의 실력을 판단할 안목을 가지고 있지 않았다.

"우리 혜가 누굴 이렇게 칭찬하는 건 처음 보는군. 혹시 그에게 마음이 있나?"

양유는 상관소혜가 길길이 날뛸 줄 알았다. 그런데 그녀는 의외로 차분했다. 배실배실 웃으면서 대답하는 것이었다.

"글쎄요? 어떤 것 같아요?"

"아, 내 허락을 구하러 온 거였군. 나야 너만 좋다면 대찬성이지."

"숙부님도 참. 저를 그렇게 제 생각만 하는 사람으로 보시는 거예요?"

대부분이 그렇게 보지 않나?

양유의 머리를 갸우뚱하게 만드는 상관소혜의 말이었다.

그녀는 계속 말했다.

"지금 세가가 위기 상황이니 한 명의 고수라도 더 필요한 시점 아닌가요? 자기 마음대로 하고 다니긴 해도 양유는 엄밀히 따지면 본 가의 무사. 그의 진짜 실력을 가주님께 소상히 고하고 그것에 맞게 활용해야 한다고 생각했어요."

아니, 상관소혜가 이런 갸륵한 생각을?

상관호도 좀 놀라는 눈치였다.

"그, 그래, 구구절절 맞는 말이로구나. 그런데 양 소협이 내 말을 들을까?"

"우선 맞는 자리부터 주세요. 경비, 호위, 이런 자잘한 일만 받으니 자기 능력을 발휘하고 싶었겠어요?"

거기서 양유는 자기가 나서야 할 때임을 인지했다.

"뭔가 오해가 있는 모양인데……."

"응?"

"저는 별로 상관가에 도움을 주고 싶은 생각이 없습니다. 맞는 자리? 그런 건 더 관심 없고……."

"야!"

상관소혜가 소리를 빽! 질러도 양유는 개의치 않았다.

"전 이미 한 번 떠났고, 이제는 상관가의 사람도 아닙니다."

"양유, 가주님 앞에서 그게 무슨 말이야! 빨리 잘못했다고 해!"

그녀는 자기가 그 말을 하기라도 한 듯이, 발을 동동구르며 어쩔 줄 몰라 했다.

그런데 그녀의 우려와는 달리 상관호의 반응은 차분했다.

"그렇다면 오히려 더 궁금해지는군. 이제 상관가의

사람도 아니면서 돌아온 이유가 뭔가?"

양유는 자기 사정을 이야기했다. 세가 내에 있어야 하는 자신의 상황, 원치 않지만 꼭 해야 하는 일 때문에 어쩔 수 없음을 최대한 두루뭉술하게 표현해 말했다.

가주가 말했다.

"대충 알겠는데…… 내가 왜 자네 사정을 봐줘야 하는지 모르겠군. 여기 있는 동안 내 명령에 따르기라도 할 텐가?"

"듣기로 마문에서 한 번 들렀다고 하던데……."

"맞아."

"다시 올 수도 있겠죠?"

"바라지는 않지만, 현실적으로 생각하면 당연히 그럴 수 있지. 집요한 놈들이니."

양유는 그런 경우가 된다면 자기가 나서서 싸워야 하냐고 물었다.

상관호는 당연하다는 듯 대답했다.

"물론! 나는 상관세가의 가주다. 세가의 손실을 최소화하기 위하여 가용한 모든 자원을 활용하는 것은 나의 의무이다."

그렇다면 양유는 싫다고 했다. 이쯤이면 화가 날 법도 하지만 상관호는 그래도 별 반응이 없었다. 아무래도 상관소혜의 인내심 부족은 가문의 내력이 아니고 그녀 혼자 특이한 것이거나 후천적으로 형성된 성격인 것 같았다.

"주는 게 있으면 받는 것도 있기 마련인데, 내가 왜 자네가 내 집에 머무는 것을 허락해야 하나? 아무 대가도 없이?"

"조용히 숨만 쉬다 가겠습니다."

"안 돼. 가를 떠나겠다고 말한 순간부터 자네는 외부인이고, 사실 나는 자네가 무슨 꿍꿍이인지도 잘 모르겠어. 무슨 초고수의 행보가 이러지? 뭔가 꾸미고 있는 게 아닌가 싶기도 하고."

"꾸미는 건 없습니다. 이런 식으로 음모를 꾸미는 사람도 있습니까?"

상관호는 피식 웃었다.

"그건 그렇지. 그럼 이건 어떤가? 소혜는 내가 가장 사랑하는 질녀이지. 이 난리가 끝날 때까지 소혜를 보호하도록 하라. 소혜가 자네를 데려왔으니 그게 가장 온당하겠지?"

"숙부님!"

상관소혜는 그게 뭐냐는 듯 반발했지만, 상관호의 뜻은 확고했다.

"본인이 싫다는 것을 어떻게 시키겠나. 양 소협 생각은 어떤가?"

"그 정도면 괜찮을 것 같은데요. 다른 뭔가가 있는 게 아니라면. 소혜란 말 뒤에 상관가도 같이. 뭐, 그런 뜻이 숨어 있는 건 아니죠?"

상관호는 아니라고 했다.

양유는 연이어 물었다.

그녀의 고종형제도, 종형제도, 숙부, 백부, 고모도… 모두 아닌 오직 상관소혜만?

"자네, 정말 의심이 많군."

그는 다 아니라고 했다.

그제야 양유는 고개를 끄덕였다.

"가주님 말씀대로 하겠습니다."

"알겠네. 그럼 이제부터 자네는 본 가의 빈객(賓客)일세. 소혜를 잘 부탁하네."

그는 피로하니 이제 그만 물러가라고 했다.

양유는 상관소혜와 함께 밖으로 나왔다.

그녀는 어처구니없어 하며 물었다.

"넌 대체 뭐가 문제야?"

"뭐가?"

"기껏 숙부님한테 부탁했더니 훼방이나 놓고……. 어떻게 떠먹여 줘도 못 먹어?"

그녀는 머리끝까지 화가 치솟다 못해 위로 승천하여 씩씩거렸다. 하지만 그건 양유를 모르기 때문에 그러는 것이었다. 양유가 자리를 원했다면 무림세가가 아니라 그 어디라도 가능했다.

양유 또한 세상사의 여러 세속적 욕구, 물욕이나 명예욕, 직위욕 같은 것이 아예 없는 것은 아니었다. 하지만 양유는 아직 그런 것을 추구할 때가 아니었다.

그는 조실부모하였고, 장성해서는 사형에 의해 스승을 잃었는데, 군사부일체를 중시하는 중원인으로 태어났으며 실제로 스승에게 받은 것이 많았기 때문에 자연스레 스승을 대리하여 사형에게 복수하는 것을 자신의 소명으로 삼게 되었다.

복수는 성공했다. 그로써 과거와 이별하고 다음 단계로 넘어가야 했다. 하지만 역설적이게도 스승에 의해 그는 그 동력을 상실하고 말았다. 그런 상태에서 자신이 대체 뭘 할 수 있다는 말인가.

속에 담긴 모든 말을 한다면 상관소혜가 이해할는지도 모른다. 하지만 양유는 그러지 않았고, 무언 속에 그녀는 답답하기만 하다.

양유가 말했다.

"나는 네가 왜 화를 내는지 모르겠다. 뭔가 날 위해서 청탁해 준 건 고마운데, 내가 내키지 않는 걸 어쩌겠어. 그게 잘못은 아니잖아?"

그 말을 들은 상관소혜의 얼굴이 빨개졌다.

그러나 그녀는 짐짓 기막히다는 듯……

"이게 웃기네! 청탁은 무슨 청탁? 그리고 내가 널 왜 위해? 착각하지 마! 다 본 가를 생각해서 그런 거지, 내가 왜 널……"

말하며 갑자기 몸을 홱 돌렸다. 그녀는 잰걸음으로 걸으며 이 자리를 피하려 했다. 그렇게 십수 보를 가다가 뒤를 돌아보았다.

양유도 따라 멈췄다.

"왜 따라와?"

"가주가 말한 것을 잊었나? 널 보호하라잖아."

"내 몸은 내가 지킬 수 있어! 쫓아오지 마!"

상관소혜는 뭔 말도 안 되는 소리를 하며 다시 발걸음을 놀렸다.

양유는 그녀의 말을 무시하고 계속 따라갔다.

상관소혜는 거리를 벌리기 위해 더 빨리 걸었다. 맞은편에서 한 무리의 세가 무사들이 줄지어 오고 있는데, 그녀는 정신이 없는지 맨 앞의 무사와 거의 부딪칠 뻔했다.

"똑바로 안 보고 다녀!"

상관소혜가 눈을 부라리자 세가 무사의 얼굴이 사색이 되었다. 아 잘못 걸렸구나 싶으며 갑자기 지난날들이 주마등처럼 스치고, 만 리 떨어진 고향의 어머니 얼굴이 떠오르는데… 그녀는 이미 지나가고 없었다.

"휴……. 아, 십년감수했네."

세가 무사는 가슴을 쓸어내리며 안도했다.

옆의 무사가 말했다.

"다행은 다행인데, 어째 좀 이상하다? 외유하고 오더니 성질이 좀 죽었나?"

옆 사람이 그 말을 받았다.

"듣기로는 마문도한테 잡혀갔다 왔다던데, 그놈한테 참 교육이라도 받았나 보지."

"참 교육? 뭔 교육?"

"좋은 거 있잖아, 좋은 거. 그거 말고 더 있나?"

세가 무사들은 킬킬대며 웃었다. 그들 중 한 명, 모든 일에 진지한 사람이 있어 그게 할 말이냐고 동료들을 탓했다. 할 말이 있고 안 할 말이 있는데, 이건 후자 같다는 것이었다.

처음 말을 꺼냈던 무사가 능글맞게 대꾸했다.

"이 사람 참, 무슨 생각을 하는 거야? 논어, 맹자, 중용… 이런 좋은 거 가르쳐 줬다고. 그러니까 자연히 성질이 죽고 조금이라도 더 유순해지고, 그런 거 아니겠어? 그렇게 안 봤는데… 자네, 은근히 밝히는군?"

그 말에 한 사람 빼고 전부 와하하, 웃었다.

양유는 그들을 지나쳐 가다가 우뚝 멈춰 섰다. 위화감을 느낀 이유를 그제야 찾았다.

여러 사람에게서 들었다시피, 그리고 문 안쪽으로 들어오면 바로 알 수 있는, 상관세가는 현재 전시 체제로 돌아가고 있다. 그런데 어쩐지 이곳 사람들은 처절함이 없다. 긴장감 또한 없었다. 그뿐인가, 방금 무사들은 질 낮은 농담을 하면서 킬킬대며 지나가지 않았나.

물론 피난민들은 제대로 긴장하고 있었다. 그들의 검

게 질린 얼굴은 극도의 공포와 두려움을 품고 있었다. 그런데 세가 사람들은 그렇지 않다. 어딘가 편안해 보이고, 크게 걱정하지 않는 듯 보였다. 이 두 집단의 태도 차이가 양유에게 혼동을 주었던 것이다.

돌이켜 보면 상관호의 태도도 이상했다. 그가 그렇게 자신을 쉽게 포기하다니, 이전의 모습과는 달랐다. 상황이 상황인데, 그도 너무 여유롭다.

"뭔가 있다, 이건."

양유는 그렇게 결론을 내렸다. 그러는 사이 상관소혜는 저 멀리 멀어져 가고 있었다. 양유는 잽싸게 그 뒤를 따라갔다. 아무튼 여기서 잘 지내려면 가주 말대로 하는 수밖에 없고, 상관소혜의 근처에 있는 편이 좋았다.

처소까지 따라갔더니 문 앞에서 상관소혜가 양유를 기다리고 있었다. 쌍심지를 켜고 자신을 노려보고 있으니 왠지 양유는 움찔해서 더 접근하지 못했다.

그녀가 말했다.

"뭐해? 들어와!"

"어, 어……."

이 별당은 매우 넓지는 않던 걸로 기억했다. 그런데

막상 들어가니 휑했다. 항상 있던 두 호위무사가 없어서 그렇게 느껴지는 것 같았다.

"빈방 아무 데나 써. 그나마 전에 시녀 애가 쓰던 방이 가장 괜찮을 거야."

"시녀를 내보냈나?"

"어쩔 수 없잖아, 전시니까. 나 하나 뒤치다꺼리하는 것보다야 밖에서 뭐라도 하는 게 낫겠지."

"그럼 생활은 어떻게 하지?"

상관소혜는 식사는 다 알아서 가져다주고 빨래도 빨랫감 모아서 주면 해서 돌려준다고 했다. 사실 별로 달라진 건 없는 셈이라고 말하지만, 종일 밀착 수발을 받는 것하고는 분명히 다를 것이다.

양유의 표정을 보고 상관소혜가 물었다.

"왜? 뭐가 이상해?"

"아니, 그냥 좀 신기해서."

"나라고 아무 생각도 없는 줄 알아? 내가 남들을 깔보고 뭉개도 아무도 뭐라 않는 건 내 가문, 그리고 직계와 가장 가까운 방계라는 점 때문이지, 나라는 사람 그 자체를 보고 그러는 거겠어? 내가 천치야? 그것도 모르게?"

그녀는 의문문을 난사했다.

양유는 듣고만 있었다.

"그러니까 본 가와 나는 운명 공동체라고 할 수 있지. 내가 이러는 건 전혀 신기한 일이 아니라 상식적인 행동이야."

"그래, 알았어. 내가 잘못했다."

"흥."

상관소혜는 양유의 사과를 무시하고 자기 방으로 갔다.

양유도 자기가 머물 방을 골라 들어갔다. 두 다리 쭉 펴고 누워서 쉬다가 불현듯 자신이 놓친 부분을 발견했다.

"아, 나는 왜 이리 멍청할까?"

그는 상관소혜의 방으로 달려갔다. 짧게 인기척을 내고 드르륵, 문을 여니, 상관소혜가 꺅! 소리 지르며 양유에게 옷가지를 던졌다.

그녀는 옷을 갈아입고 있었던 것이다. 그렇게 안 보였는데, 그녀도 여자이기 때문에 역시 굴곡이 있고 속살이 매우 하얗다.

양유는 얼굴이 벌게져서는 얼른 문을 닫았다.

잠시 후, 옷을 다 입은 상관소혜가 밖으로 나왔다.

"미, 미안해……."

"미안하면 다야? 이게 맞먹는 것도 봐주니까 이제는 눈에 뵈는 게 없네? 어디서 처녀의 속살을 훔쳐보려고! 이 치한! 음적! 마문보다 더 나빠!"

양유는 그런 게 아니라고 했다.

"아니긴 뭐가 아니야?"

"진짜, 정말 중요한 질문이 있어서……. 그리고 네가 옷을 갈아입고 있는지 아닌지 어떻게 알고 문을 열었겠어? 훔쳐보려면 다르게 했겠지."

그건 그랬다.

상관소혜는 그 질문이란 걸 해보라고 했다.

"세가로 돌아온 지 얼마나 됐는지, 그게 궁금해서."

"나? 보름도 안 됐어."

"석 달 가까이 뭘 했기에……."

"그냥 석 소협 따라다니면서 여기저기 구경하고 용봉들하고 친분도 쌓고 그랬지. 석 소협이 날 어찌나 집에 보내고 싶어 하던지……. 그런데 내가 순순히 가겠어? 놀 만큼 놀고, 사람들도 만날 만큼 만나고, 이제 슬슬 집으로 가볼까 하는 차에 본 가가 마문의 습격을 받았다는 소식이 들리는 거야. 그래서 일찍 귀가했어."

양유는 아, 하고 탄성을 발했다. 깨달음의 일성이었
다.

상관소혜는 상관호나 다른 세가 무사와는 다르게 현
상황을 매우 부정적으로 인식했다. 뭐, 그 정도를 가지
고 부정적이냐고 할 수도 있겠지만, 그녀의 평소 행실
을 생각하면 지금 충분히 많이 희생하고 감내하는 것이
었다.

세가 무사와 피난민의 차이점, 상관호와 상관소혜의
차이점, 양유는 곧 결론을 도출해 냈다.

"마문이 쳐들어왔을 때, 분명 무슨 일이 있었다."

"그럼 있지, 없었겠어? 고작 그거 물으려고 온 거
야?"

"아, 음······. 이거 중요한 건데······."

"참 궁색하다. 솔직히 말해봐. 나한테 관심 있지?"

그녀는 옆에 걸터앉아서 고개를 돌려 양유의 얼굴을
빤히 쳐다보았다. 상관소혜는 이랬을 때, 남자의 심박
수를 충분히 높일 수 있을 정도로 예뻤다. 말은 걸지만
입술은 붉고 오밀조밀하며, 눈매가 사납긴 해도 인상을
좀 펴면 그게 또 매력으로 작용할 수 있었다.

양유는 약간 어버버, 하며 대답했다.

"아, 아니, 내가 왜?"

"그렇잖아. 자꾸 날 따라다니는 것도 그렇고."

"내가 언제 널 따라다녔어?"

"그랬잖아. 세가를 떠날 때도 그렇고, 돌아오니까 또 따라서 세가로 오고……."

양유는 그건 행선지가 같았거나 우연의 일치로 그런 것이지 그 이상의 의미는 전혀 없다고 했다.

"그리고……."

"그리고 뭐?"

양유는 입을 다물었다.

상관소혜는 뭔가 있음을 눈치채고 계속 물었다.

"혹시 그 군하경이라는 사람 때문에? 그 사람은 어떻게 됐어? 결국 찾았어?"

"어……. 내가 찾은 건 아니지만."

양유의 표정은 어두웠다. 그녀에게 그 모습은 실연당한 사람이 보이는 모습으로 비쳤다. 상관소혜 또한 약간 침울해져서 같이 말이 없었다.

곧 그녀는 몸이 안 좋다며 방으로 들어갔다.

양유 또한 자기 방으로 갔다.

상관가로 돌아온 첫날은 이렇게 지나갔다.

다음 날, 양유는 상관소혜와 함께 세가 곳곳을 돌아다녔다. 원래는 혼자서 다닐 생각이었는데, 심심했는지 그녀가 따라오는 것이다.

그녀는 오늘 제대로 단장을 했다. 얼굴에 분을 바르고 머리는 땋고 붉은 경장을 차려입었다. 이러니까 확실히 사람이 달라 보였다. 입만 다물고 있으면 좋으련만, 그녀는 지금 뭐하는 거냐고 계속 조잘거렸다.

확실히 그녀가 보기에 양유가 대체 뭘 하는지 의아해할 수는 있었다. 그는 세가 사람들이 있는 곳을 찾아다니며 그들이 하는 말을 엿들으면서 뭔가 캘 수 있는 것이 있지 않을까 했는데, 옆에서 보면 아무것도 안 하는 것처럼 보였다.

상관소혜가 자꾸 시끄럽게 구니까 양유는 간단히 설명했다.

"너 마문이 어느 정도 되는 문파인 줄 알아?"

"그것도 모를 줄 알아?"

"어느 정도인데? 상관가하고 비교하자면?"

그녀는 쉽게 대답하지 못했다.

음, 음, 하고 계속 생각하다가……

"뭐, 본 가보다는 당연히 세가 강하겠지. 그러니까 전 무림을 상대로 싸우는 거겠고."

말했다.

양유가 정답을 말했다.

"마문 부활을 목표로 한 최초 세력이 어느 정도 규모인지는 나도 몰라. 그런데 현재 마문은 사대마문을 흡수했다고 하대? 마도 전체를 해 먹었으니 십육대세가가 다 모여 덤벼도 힘들어. 그런데 상관가는 사도에서 어느 정도 비중이지?"

"천하제일가(天下第一家)지 당연."

상관소혜는 자기가 말하고도 약간 겸연쩍어 했다.

양유가 정정해 주었다.

"그 정도는 아니지. 경제력까지 감안을 해줘도 잘해봐야 중간? 아닌가? 어쨌든 그런 정도의 세력을 마문이 박살 내러 왔어. 그런데 그냥 패해 물러났다는 게 이상하지 않아? 오늘 쭉 보면서 확신했어. 이상해. 뭐, 마문이 방심해서 얕보고 들어왔다가 손해만 입고 물러나는 경우도 있을 수 있겠지. 그렇다 하더라도 세가가 입은 피해가 너무 적어. 부상자도 찾아보기 힘들고."

"그게 무슨 말이야? 그럼 본 가가 박살 났어야 했다는 거야, 뭐야?"

"아니, 현상 그 자체를 보자는 거지. 상관가가 잘 방어해 낸 것은 좋은 일이지만, 그렇다고 해서 그게 이상하지 않은 일이 될 수는 없잖아?"

"그래서 그 이상한 일이 일어난 이유를 지금 찾고 있는 거야?"

양유는 그렇다고 했다.

"그냥 이렇게 서 있는 걸로?"

"일단은."

상관소혜는 그걸로 뭘 알 수 있겠느냐며 양유에게 보고만 있으라고 했다. 그녀는 지나가는 세가 무사를 하나 붙잡았다.

"너!"

지목된 세가 무사는 주위를 둘러봤지만, 근처에는 자기밖에 없다. 그는 말을 더듬으며 무슨 일로 그러시냐고 물었다.

"마문이 쳐들어온 날, 어떤 일이 있었지?"

"예?"

그녀의 질문은 다소 모호했다.

그런 탓에 세가 무사는 단순하게 대답할 수밖에 없었다.

"마문도들이 왔는데요……."

"그걸 누가 몰라? 뭔가 특별한 일이 있었을 거 아냐? 왜 그렇게 쉽게 마문도들이 물러갔지?"

그 말을 들은 세가 무사의 표정에 두려움이 깃들었다. 그는 하나 마나 한 소리를 했다.

"가주님의 지휘 아래 가솔들이 하나로 힘을 모았기 때문에……."

"장난해? 내가 그걸 묻는 게 아니잖아! 말해봐, 뭐가 더 있지?"

상관소혜의 악명은 세가 내에 워낙 드높아 이런 하급 무사들은 그녀가 하라면 죽는시늉까지 할 정도였다. 그런데 이 세가 무사는 모른다는 말만 할 뿐이었다.

"정말 몰라?"

"네, 네……."

그는 그렇게 말하더니 순간, 얼른 뛰더니 도망치듯 자리를 피했다.

"야! 어디 가!"

상관소혜가 그렇게 외쳐도 무시하고 자기 갈 길을 가

는 것이었다.

그런 광경을 지켜본 양유가 입을 열었다.

"거 봐, 뭔가 있는 것 같지?"

그녀는 동의할 수밖에 없었다. 콕 집어 말할 수는 없어도 양유 말대로 의문스러운 데가 있고, 방금 세가 무사만 봐도 좀 수상쩍었다.

양유가 말했다.

"그런데 이렇게들 비협조적이어서야 뭘 알 수 있겠어? 네 말도 안 들을 정도니 나한테는 절대 입을 안 열겠지."

"글쎄?"

상관소혜는 뭔가 좋은 생각을 떠올린 듯했다.

그녀는 양유를 이끌고 남연당(南燕堂)으로 향했다. 상관소혜가 그리 친절한 성격이 아니라 가는 곳이 남연당인지는 도착해서야 알았다.

그녀가 말하길, 이곳은 세가의 눈이며 귀이고 때로는 두뇌의 역할을 하기도 한다고 했다. 무림세가를 단순한 부잣집 이상으로 만드는 것은 그들에게 힘이 있기 때문이지만, 그것만으로는 성공할 수는 없었다.

상관가는 상(商)을 보조하기 위해 무(武)를 키운 만

큼, 세상사가 무력으로만 돌아가지는 않는다는 것을 잘 알고 있었다. 하여 따로 정보 조직을 키울 정도로 이 방면에 투자를 많이 했고, 그래서 만들어진 것이 남연당이었다.

그녀는 남연당만 가면 모든 의문이 풀리기라도 할 것처럼 의기양양해했다.

당 안에는 각지에서 날아온 서찰을 읽고 정리하고, 그에 관해 보고하거나 명령을 받는 사람들로 가득했다. 거기서 가장 중심에 있는 인물은……

"고모! 고모!"

상관소혜는 좀 과하게 반가움을 표출하며 상관수하가 앉은 서탁으로 다가가는데, 상관수하는 그녀를 흘깃 보고 말 뿐이었다.

"바쁜데 왜 왔니?"

상관수하는 계속 자기 할 일을 했다.

상관소혜는 뒤로 가서 그녀를 껴안았다.

"얘가 왜 이래?"

"반가워서 그러지이. 요즘 통 보기 힘들었잖아."

상관소혜는 말끝을 늘이면서 되도 않는 애교를 부렸다.

상관수하는 그녀를 가볍게 밀어내며 말했다.

"양 소협도 반갑네요."

양유는 가볍게 목례했다.

상관소혜가 물었다.

"양유가 돌아온 걸 알았어?"

"본 가에서 일어나는 일 중에 내가 모르는 게 있니?"

상관수하는 양유를 보며 말했다.

"그런데 전 대체 양 소협이 왜 다시 왔는지 그 이유
는 모르겠네요. 이번엔 또 무슨 꿍꿍이속이죠?"

"꿍꿍이속이라니, 말이 좀…….."

"왜요? 심해요? 가뜩이나 신경 쓸 게 산더미인데 은
거 초고수가 또 뭐하러 왔는지 파악하려니 머리가 아프
네요. 도대체 당신 목적이 뭐예요?"

상관수하는 원래 눈부시도록 하얀 살결을 자랑했는
데, 오늘 보니 얼굴이 약간 푸석한 듯도 하고 눈 밑이
검기도 하여 뭔가 엄청 지쳐 보였다. 그런 모습으로 신
경질을 부리니 뭐라 대꾸할 엄두가 안 났다.

상관소혜가 나서서 그녀를 진정시켰다.

"그만 좀 해, 고모! 없는 목적을 어떻게 말해? 어딜
가나 뭐하러 왔느냐는 똑같은 얘기, 양유가 얼마나 답

답하겠어?"

"너는 갑자기 왜 편을 들고 그러니? 너, 혹시……?"

둘 사이에 보이지 않는 기류가 흘렀다. 미심쩍다는 눈빛과 어색한 웃음.

이를 깬 것은 상관소혜였다.

"편은 무슨 편이야? 사실이 그러니까 그렇지. 아이 참, 이런 얘기를 하러 온 게 아니고……."

상관수하는 바쁘니까 할 말 있으면 빨리하라고 했다.

상관소혜는 세가 무사에게 했던 질문을 이번에는 상관수하에게 했다.

그녀는 웃었다.

"우리 조카님께서 가의 일이 왜 갑자기 궁금해지셨을까? 세가에 난리가 나도 맘 편히 유람이나 할 때는 언제고 이제 와서?"

"고모!"

상관소혜는 억울해했다. 세가가 습격을 받을 때 자기가 출타 중이던 것은 맞지만, 변고가 생길 것을 예측하고 간 것도 아닌데다 소식을 들은 다음에는 황급히 귀가했기 때문에 마음 편히 놀러 다녔다고는 할 수 없었다. 또한 이런 의문이 생긴 것은 최근이기 때문에 갑자기 궁금해졌다는 표현 역시 이치에 맞지 않다고 항변했다.

상관수하는 계속 웃으면서 대답했다.

"그래그래, 이젠 놀리지도 못하겠구나. 네가 의구심을 품는 것 자체는 타당해 보여. 우리가 거대 세가이기는 해도 마문 부흥 세력과 사대마문, 또한 그들을 따르는 온갖 사이한 무리. 그야말로 중원의 온갖 악인들이 모인 마도 연합체를 상대로 대등한 싸움을 한다는 건 불가능한 일이야. 하지만 그들은 전 무림을 상대로 싸우고 있고, 그들에게 우리는 철천지원수도, 뭣도 아니야. 그냥 수많은 적 중 하나일 뿐이지."

"그래서요?"

상관수하의 음성은 차분하고도 분명해서 귀에 또렷하게 박혔다. 목소리가 좋아서 그냥 다 맞는 말을 하는 것처럼 들렸다.

"그렇기에 그들은 스스로 함정에 빠지고 말았지. 가장 무서운 방심! 그리고 과소평가! 그들은 우리의 전력을 얕잡아봤어. 아무리 십육대세가라고 해도 본질은 상가(商家)라는 생각을 한 것 같아. 그래서 우리가 능히 상대할 수 있는 전력으로 쳐들어왔고, 큰 피해 없이 막을 수 있었던 거야. 물론 다음번에 올 때는 그런 요행을 바랄 수는 없겠지만……."

그녀는 한숨을 쉬었다. 미래에 대한 걱정으로 얼굴에 그림자가 드리워져 있었다.

"이제 알겠니? 이상할 것도, 궁금해할 것도 없고, 그냥 그런 얘기야."

"아……."

상관소혜는 그녀에게 완전히 설득된 것 같았다.

"난 또 뭐라고. 그렇다는데?"

그녀는 양유를 보았다. 맞는 말 같다는 것이었다.

양유는 가만히 생각했다.

"알았으면 이제 그만 가주렴. 몸을 둘로 쪼개고 싶은 심정이야. 너무 바빠."

"알겠어요, 고모. 고마워요!"

상관소혜는 상관수하를 한 번 가볍게 안아주고는 양유보고 얼른 꺼지자는 눈짓을 보냈다. 남연당을 나오며 그녀가 물었다.

"어때? 이제 의문스러운 거 없지?"

"글쎄……."

양유는 그녀와는 달리 별로 납득하지 못했다. 상관수

하의 말은 어떻게 그리 쉽게 마문이 패퇴하였는가에 대해서만 설명할 뿐, 그 외의 다른 의문을 모두 해소해 주지는 못했다.

"이제 뭐할 거야?"

상관소혜가 눈을 반짝이며 물었다.

양유는 먼저 들어가 보라고 했다.

"왜?"

"잠깐 가봐야 할 데가 있어서. 먼저 가."

"그래? 음……."

그녀는 뭔가 실망한 듯한 눈치였다. 그러나 굳이 겉으로 드러내지는 않았다.

상관소혜가 떠나자 양유는 뒤로 돌아서며 물었다.

"왜 보자고 한 겁니까?"

"양 소협이죠?"

모습을 드러낸 것은 상관수하였다. 그녀는 양유에게 전음을 보내 잠깐 보자는 뜻을 전했던 것이다.

"네?"

"소혜한테 이상한 음모론을 주입한 사람 말이에요."

"그게 어째서 음모론입니까?"

상관수하는 눈을 치켜뜨며 어이없다는 듯 말했다.

"지금 세가의 분위기는 말이 아니에요. 언제 마문의 후발대가 들이닥칠지 몰라 모두 극도로 긴장하고 있어요. 이탈자가 나오지 않는 게 신기할 정도죠. 그런 와중에 우리의 소중한 승전을 깎아내리는 소리를 하고 다녀야겠어요? 진짜 눈치 없는 거 알죠?"

양유는 그에 대해서 반박해야 할 필요를 느꼈다. 그는 우선 자기는 그에 대해 공공연히 이야기한 적 자체가 없음을 밝혔다. 그 문제에 관해서 대화를 나눈 사람은 상관소혜가 유일, 또한 상관가를 무시한 것도 아니다. 상관수하 역시도 의구심을 품는 건 당연하다고 하지 않았던가.

그러한 양유의 해명에 상관수하는…….

"그래요, 내가 말이 좀 심했어요. 그럼 이제 의문도 풀렸을 테니, 다시는 그런 소리 하고 다니지 않기를 바라요."

약간 굽히는 태도를 보였다.

양유는 그쯤에서 물러날 수도 있었다. 하지만 그는 잠깐 생각하더니 머리에 앞서 미리 말이 나가고 말았다.

"하나도 안 풀렸습니다."

"또 뭐가요?"

상관소혜는 짜증 섞인 말투로 대답했다. 얼굴에 피곤함이 그득한데, 그런 모습에 양유는 갑자기 의욕이 사라졌다.

"아니, 그만합니다. 바쁜 사람 괜히 시간 뺏고 싶지 않습니다."

"좋아요."

그녀는 한 번 더 당부했다. 가를 위해 쓸데없는 소리는 좀 삼가 달라는 것이었다.

양유는 고개를 끄덕이곤 자리를 떴다.

32장 조우

"이보시오!"

남연당을 벗어나 별당으로 돌아가려는데 뒤에서 양유를 부르는 소리가 들렸다. 누군가 하며 돌아보니 처음 보는 사람이었다.

별다른 특징이 없는 중년인. 적당히 나이 들었고, 모나지도 잘나지도 않은 인상이었다.

무색무취라는 말을 사람에게 써도 될까?

된다면 이 남자를 설명하는 데 있어서 그보다 나은 표현을 찾아보기 힘들 정도였다.

"저요?"

무특징인(無特徵人)은 고개를 끄덕였다. 그러고는 얼른 다가와서는…….

"내 고의는 아니었는데, 본의 아니게 듣고 말았소."

하고 말을 붙여왔다.

"무슨 말씀이신지……."

"방금 남연당주하고 한 말 말이오."

"아, 그건 잊어주세요. 이미 끝난 얘기이니까."

무특징인은 아니라며 고개를 흔들었다. 그는 양유의 의견이 타당하다고 했다.

"무슨?"

"나 역시 이상함을 느끼고 있소. 의문투성이지. 어떻게 해서 마문의 대병력을 그리 쉽게 막을 수 있던 것인지 도통 모르겠소."

"당신 상관가 사람 아닙니까? 세가 사람이 어떻게 모를 수가……."

"그날 나는 남연당 일로 출타 중이었소."

알고 보니 그는 상관수하의 부하인 모양이었다.

"나갔다 오니까 이미 마문은 물러갔더군. 그런데 아무리 생각해도 이상하단 말이오. 아, 이건 남들한테 말하지 마시고. 상관가의 역량은 솔직히 마문의 부대를 감당할 정도가 못 되오. 마문의 초반 기습으로 내로라 하는 거대 세가들이 무너졌고, 때문에 현재 세가 연합 도 결성 못할 정도로 사도는 큰 피해를 입었는데, 상관 가가 뭐라고 마문을 무찌른단 말인지……."

그는 정말 양유와 같은 생각을 하는 것 같았다.

"그런데 그날 뭔 일이 있었냐고 물어도 아무도 대답 을 않고 모르쇠로 일관하는 것 아니겠소? 분명 함구령 이 내려진 게 틀림없는데, 말을 안 하니 알 방법도 없 고… 답답해 미치겠소."

자신의 의견이 타인으로부터 인정을 받는 경우, 특히 대부분은 그 의견을 무시하는 상황일 때, 그때의 기분 은 이루 말할 수 없다. 나를 알아준다는 것은 그 무엇 보다 소중할 수 있기에 백아(伯牙)는 애꿎은 거문고 줄 을 끊었고, 봉추(鳳雛)는 유비를 도와 촉을 정벌했던 것이다.

양유는 갑자기 생기를 찾은 듯 말했다.

"그뿐이 아니죠. 상관가 사람들은 왠지 모르게 상황 을 낙관하고 있는 것 같습니다. 이게 딱 꼬집어 그렇다 고 할 수는 없긴 한데, 가주도 그렇고 상관 소저, 아니, 남연당주도 그래요. 마문의 재침공이 예상되는 상황에서 저렇게 일만 한다는 게 말이 됩니까? 사람이면 당면한 일을 걱정하지, 그다음 일은 잘 생각 안 해요. 또 오로지 마문이 방심해서 패퇴한 것이라면 다음은 없다는 얘기인데, 그럼 앉아서 죽을 게 아니라 다른 무림세가와 힘을 합친다든가 피신을 간다든가 해야 할 일이죠. 남연당주의 설명은 이치에 닿지 않습니다."

"흠……."

무특징인은 잠시 말이 없었다.

"그래서 소협은 세가가 뭘 숨기고 있는지 알고 싶다?"

"뭐, 그렇죠. 왠지 내가 여기 온 이유를 거기서 찾을 수 있을 것도 같고."

"온 이유라니?"

무특징인의 눈이 빛났다.

순간, 양유는 아차 싶었다.

"아니, 뭐, 별거 아닙니다……."

둘은 잠깐 더 대화를 나누었는데, 그러면서 깨달은 것은 아무것도 없는 것에 아무것도 없는 것이 더해지면 그대로 아무것도 없다는 사실이었다. 둘 다 가려진 진실을 알지 못하기에 몇 가지 의미 없는 추측만 할 뿐이었다.

"같은 생각을 하는 사람이 있다는 게 반갑군. 뭔가 아는 게 생긴다면 말해주시오. 나도 그렇게 할 테니."

그렇게 말하며 그는 슬슬 가봐야겠다고 했다.

양유는 알겠다고 했다.

"그럼 살아 있다면 또 봅시다."

그는 그렇게 가버렸다. 그다지 소득은 없었지만 그래도 양유는 자기 생각이 완전 허무맹랑하지는 않다는 것을 알게 되었고, 더 파볼 만하다는 확신을 하게 되었다. 그렇게 생각하면 아예 소득이 없는 건 아니었다.

그날 밤, 양유는 뭔가 이상한 느낌이 들어 눈을 떴다. 시야 가득 한 남자의 얼굴이 들어왔다. 밋밋하지도, 높지도 않은 코, 특징 없는 눈매, 융기된 것도 아니고, 파인 것도 아닌 이마, 무특징인의 얼굴이었다.

양유는 헉! 놀라 몸을 일으키며 무특징인을 잡아채려 했다. 그러나 그는 이미 멀찍이 물러나 문밖으로 도주하고 있었다. 양유는 질세라 내공을 일으키며 무특징인의 뒤를 쫓았다.

'무림인…… 아니, 고수잖아?'

무특징인의 경공 실력은 상당했다. 건물 위로 오르내리며 거리를 벌리는 솜씨가 보통이 아니었다.

그러나 양유는 좀 여유를 가지고 따라갔다. 무특징인이 담장 아래로 뛰어내려 세가 밖으로 도망치자 오히려 더 잘됐다고 생각했다. 세가 안에서 잡는다면 여러 사람의 방해를 받을 수 있는데, 밖으로 나가버리면 누구의 간섭도 받지 않고 일대일 대면을 할 수 있었다.

'뭐하는 놈인지…….'

한 번 접근하더니 바로 그날 밤에 몰래 침입해 온다라……. 이쪽도 뭔가 꾸미는 게 있다. 그게 무엇인지는 잡고 나서 알아볼 생각이었다.

양유는 적당히 시간을 줬다는 생각이 들자 섬혼영을 최고로 전개했다. 향상된 백위신공의 기운이 뒷받침하니 그는 정말 섬혼(閃魂)과 영(影), 그 자체였다. 무특징인과의 거리가 눈에 띄게 좁혀지는 것이 보였다.

"앗!"

양유는 황급히 속도를 줄였다. 무특징인이 도망치다 말고 멈춰 서서 자신를 기다리고 있었다.

"빠르군."

무특징인은 솔직한 감상을 말하는 듯했다. 그는 정말

감탄한 표정이었다.

"너, 몇 살이지? 약관은 넘긴 것 같고. 그래도 한 살, 두 살 정도밖에 더 안 먹었겠지. 그 이상으로는 안 보이는군."

"무슨 개수작이야?"

양유는 배신감에 치를 떨……지는 않았지만, 많이 어이는 없었다. 오늘 만난 이 인간이 무슨 의도로, 그리고 어떤 생각으로 이러는지를 들어야 하겠는데, 그는 계속 딴소리만 했다.

"아니, 진짜. 이건 놀라워. 내가 어지간해서는 다른 사람의 성취 가지고 놀라지는 않거든? 근데 이건…… 와! 내가 엄마 뱃속에서부터 수련했어도 네 나이에 그 정도는 안 됐을 것 같다."

"내 나이뿐이겠어?"

양유는 더 이상 그와 대화할 필요를 못 느껴서 그냥 바로 달려들기로 했다. 단 일 보로 무특징인의 앞까지 도달해 주먹을 꽂아 넣었다. 아쉽게도 허공만 갈랐다. 무특징인이 빠르게 발을 뺐기 때문이다. 양유는 그것까지 계산해 한 번 더 걸음을 내딛으며 붙으려 했으나 이미 무특징인은 두 보 물러난 뒤였다.

"쳇!"

양유는 쉴 틈을 주지 않고 몰아붙여야겠다고 생각, 반 호흡도 지나기 전에 다시 돌진해 이번에는 그에게 붙었다. 무특징인은 마구 주먹을 휘두르며 양유의 공세를 차단하려 했다. 그렇게 수합을 겨룬 뒤, 무특징인은 다시 물러났다.

양유는 그에게로 주먹을 뻗었다.

쾅!

일권(一拳)이 쏘아낸 경력이 바닥에 꽂히며 어마어마한 흙먼지를 일으켰다. 양유는 입과 코를 막으면서도 연달아 경력을 발출했다.

쾅! 쾅! 쾅!

무식할 정도로 강력했다. 그러나 몸에 꽂히는 소리는 아니었다. 양유의 입이 썼다.

"휴우……."

무특징인은 푹 파인 땅바닥을 보며 안도의 한숨을 쉬었다. 그러나 두려워하는 얼굴은 결코 아니었다.

양유가 말했다.

"너…… 정체가 뭐야?"

방금의 경합으로 양유는 확신했다.

이자는 보통이 아니다. 초고수? 아니, 초고수 이상?

양유는 이미 자신이 십대고수의 수준을 뛰어넘었다고 생각했다. 현 무림 십대고수 중 한 명인 철검성주 군유현을 꺾었고, 그 후로도 습득 저장된 무공 지식에 의해 한층 발전했으며, 얼마 전에는 그야말로 폭발적인 성장을 겪었다.

양유는 어쩌면 중원에 자기 적수가 없을지도 모른다는 생각을 하기도 했다. 그런데 갑자기 튀어나온, 이 특징 없는 중년인은 대체 뭐란 말인가.

"이번엔 내가 가도 되나?"

무특징인이 공세를 취했다. 까닭 모를 경계심이 발동해 일단은 수비적으로 맞섰다. 그런데 무특징인이 시야에서 사라졌다. 양유는 그 짧은 사이 속으로 욕을 퍼부었다.

움직임을 놓치다니! 무인의 자격이 없다!

사실 양유는 욕할 시간에 무특징인의 움직임을 쫓아야 했다. 그의 주먹이 눈앞에서 나타나 점점 커지는 게 보였다. 양유는 얼른 몸을 뒤로 뺐다.

권장의 사정거리에서는 벗어났지만, 이차로 쏟아지는 경력까지 완전히 피할 수는 없다!

재빠르게 판단한 양유는 양팔을 모으고 급히 호신강
기를 끌어 올렸다.

"욱!"

양유는 뒤로 밀려나며 피를 토했다. 호신강기가 권력
을 완전히 해소하지는 못해 여력이 그의 내부를 뒤흔든
것이다.

그러나 심각한 타격은 아니었다. 양유는 열이 받아서
진기를 있는 대로 끌어 올렸다. 이미 맞은 이상, 한 대
나 두 대나 똑같다. 그는 살을 내주고 뼈를 취할 각오
로 무특징인에게 달려들었다.

서로의 숨결이 닿을 정도로 가까이 다가드니 무특징
인도 더는 피할 수만은 없게 되었다. 지금 이 순간엔
그간 익힌 권의 행로라든지 절초라든지 이런 건 하나도
떠오르지 않았다. 그는 가장 빠르고 강력하게 치는 것
만을 생각했다.

권각이 어지러이 부딪쳤다. 고통을 느끼면서도 양유
는 멈추지 않았다. 막고 때리고, 때리고 막기를 반복하
다 어느덧 가슴에 꽂히는 한 방!

양유는 물러서지 않고 충격을 고스란히 받았다. 그러
고는 온 힘을 다해 무특징인의 얼굴을 후려갈겼다.

한 번씩 타격을 주고받은 둘은 이내 거리를 벌렸다.

무특징인은 웃었다. 그의 얼굴은 약간 부어올라 있었다.

"이 나이 먹고 누구한테 맞을 거라고는 생각 못했는데……."

무특징인은 기껏 얼얼한 얼굴을 어루만질 뿐이지만, 양유는 가슴을 쥐어뜯으며 각혈을 했다.

양유는 도무지 영문을 알 수가 없었다.

"대체 무슨 차이지?"

"뭐긴, 실력 차이지."

똑같이 치고받고 했는데 결과가 이렇게 다르다니, 이해할 수가 없었다. 양유는 다시 무특징인에게 물었다.

"당신, 진짜로 뭐야? 정체가 뭐기에 그 실력을 가지고 남연당에서 일하고 있는 거지?"

"그러는 너는 그 실력에 새파랗게 어리기까지 한데 여기서 뭐하나?"

같은 질문에 양유도 별로 할 말이 없었다.

무특징인은 이어 말했다.

"난 네가 처음에 마문의 간세인 줄로 의심했다."

"뭐?"

"아니, 아니라는 건 금방 알게 됐지. 그런데 그 대화만 놓고 보면 충분히 그렇게 생각할 수 있다. 마문의 공습이 실패한 원인을 그렇게 캐고 다니는데, 수상할 수밖에 없지."

"설마?"

양유는 갑자기 모든 의문이 풀리는 것을 느꼈다.

"마문도들은 당신이 쫓아냈군. 아……."

이 밋밋한 얼굴을 어디서 본 적이 있다 싶더니, 세가로 온 첫날, 가주의 집무실 앞에서 마주친 기억이 있었다. 역시 자기 추측이 맞았다. 무특징인은 입가에 가느다란 미소를 띠며 그 생각을 긍정하는 듯했다.

이 인간은 말도 안 되게 강하다. 물론 자신도 어이없을 정도의 무력을 소유하기는 했으나 무특징인은 그 이상…… 마치 뭔가 잘못되기라도 한 것처럼 강했다.

무림에서 초고수쯤 되면 그 존재는 움직이는 하나의 문파라고 해도 될 정도였다. 양유는 그 수준에 미치기 전에도 단신으로 철검성의 정예 부대를 박살 낸 적이 있었다. 물론 개인차가 있을 수는 있었다. 전에 비무한 적이 있는 단두사신 이규진 같은 이라면 초고수를 상대할 실력은 되더라도 일인부대의 느낌은 들지 않았다.

하지만 무특징인은 그런 특이한 경우도 아니었고, 이미 초고수의 수준을 아득히 넘어선 것 같았다. 충분히 상관가를 마문으로부터 지켜낼 능력이 있는 것이다.

양유가 물었다.

"그걸 비밀로 한 이유는 뭐지? 아니, 애초에 상관가를 보호해 준 건 왜야? 세가하고 무슨 관련이 있기에?"

무특징인이 대답했다.

"궁금한 것도 많군. 내가 왜 다 답해줘야 할까? 그럴 의무는 없다."

"그럼 이거라도 말하시지. 오밤중에 날 여기로 끌어낸 이유 말이야. 그 정도는 나도 알아야지?"

"그냥 뭐, 흥미가 생겨서. 잠깐 혈 좀 짚어봐도 될까?"

양유는 진지하게 되물었다.

"당신, 미쳤지?"

"아니, 뭐, 어떻게 하려는 게 아니라 잠깐 보기만 하려고. 널 잡을 생각이었으면 아직도 싸우고 있겠지, 왜 좋은 주먹 놔두고 말로 하겠나."

그러나 그 말을 누가 믿을까.

양유는 그러고 싶으면 자기를 무력화시킨 뒤에나 하

라고 했다.

"흠, 그럴까?"

"아니, 공격하면 난 도망칠 건데."

"이것참……."

무특징인은 그럼 어떻게 해야 응낙해 줄 것인지를 물었다.

"오른팔, 양다리를 다 점혈한다면 또 모르지."

그는 순순히 받아들였다.

"그래라. 점혈해도 좋다."

무특징인은 양팔을 벌리고 무방비 상태로 섰다.

양유는 그를 미친놈 보듯 하다가 순간 세 줄기의 지풍을 날려 그의 혈도를 점했다.

무특징인은 무릎을 꿇으며 쓰러졌다.

"음……."

양유는 다가가서 그의 앞에 쪼그려 앉아 눈높이를 맞췄다.

"나도 한 무모 한다고 생각했는데, 당신에 비하면 아무것도 아니군. 무슨 생각으로 이러는 거지?"

"원래 그런 성격이라."

양유는 무특징인의 외관을 찬찬히 훑었다. 그는 정말

특징이 없었다. 몸은 의복에 가렸어도 자세히 살펴보면 무인의 그것이다. 그러나 체격이 특별히 우람하다거나 한 건 아니었고, 용모 또한 튀는 데가 전혀 없었다.

"역용(易容)을 했군."

"글쎄?"

그는 긍정도, 부정도 않았지만, 양유는 거의 확신했다. 어쩐지 좀 이상하다고 생각했다. 일부러 특징 없는 얼굴을 만들다 보니까 도리어 어색한, 그래서 그게 오히려 특징이 되는, 그런 느낌을 받았는데, 역용을 했다면 단번에 설명이 됐다.

"내 얼굴 살필 시간에 팔이나 주지?"

양유는 뭐 때문에 이러나 궁금하기도 해서 그에게 자신의 맥문을 넘겼다.

역용인은 양유의 팔을 잡고는 그의 내부로 경력을 쏘았다.

양유는 그가 허튼짓을 한다면 당장 뿌리치고 역공할 수 있도록 단단히 대비하고 있었다. 그러나 역용인은 그럴 생각은 없어 보였다. 연신 내공을 쏘아보면서 무언가를 골똘히 생각할 뿐이었다.

"이제 됐다."

역용인은 양유의 팔을 놓아주었다. 그러곤 한 손으로 자신의 막힌 혈도를 차례로 풀었다.

양유는 뭘 한 거냐고 물었다.

"내공이 놀랍도록 정순하군. 조화로우면서도 힘을 잃지 않으니, 거의 본류의 기운이 아닌가."

"고작 그게 궁금했던 건가?"

"뭐, 겸사겸사. 그런데 너, 나한테 무공 하나 배워보지 않을래?"

"그건 또 뭔 야밤에 개 짖는 소린지."

양유는 변죽 울리는 소리는 그만하자고 했다. 지금 자신이 알고 싶은 것은 당신의 정체, 어떤 심산을 가지고 자신에게 본모습을 드러낸 것인지 하는 것들이니 갑자기 무공 타령이나 하면서 자신의 귀중한 수면 시간을 낭비하지 말라고 했다.

"아니, 진짜로. 너, 왜 아까의 일전에서 너만 손해 봤는지 궁금하지 않든? 무인이라면 당연히 이유를 알고 싶을 터인데?"

비웃는 듯하기만 하던 양유의 표정이 변했다.

당연히 알고 싶었다. 하지만 한낱 숙수조차도 자기 조리법을 아무 대가 없이 전수하는 경우는 없으며, 촌에서 고물이나 고치는 대장장이도 자신만의 담금질 비법을 떠벌리지 않고 산다.

세상에 자기 밑천을 퍼 주는 사람이 어디 있단 말인가.

그럴진대 피와 목숨이 오가는 무림에서야 더욱 그렇다.

양유는 이 또한 역용인의 무슨 수가 아닌가 생각했다.

"내참, 의심도……. 그냥 가만있어."

역용인은 전음으로 구결을 보냈다. 양유는 처음에는 이게 뭐하는 건가 싶다가 내용의 깊이, 그러니까 전혀 새로운 시각과 발상에 놀라 초집중하여 들었다.

구결을 다 읊은 후, 역용인이 말했다.

"한 번 더?"

양유는 고개를 끄덕였다.

역용인은 구결을 다시 처음부터 읊어주었다.

"이걸 왜 알려주는 거지?"

창조적 발상은 순간의 번득임에 의존하지만, 그것을 구체화하기 위해서는 수많은 시도와 노력이 필요하다. 거기서 끝이 아니다. 이를 누구에게라도 전승 가능한

지침으로 만들기까지는 더 많은 실패와 좌절이 따라야 하는데, 여기까지 이르는 게 정말 어렵기 때문에 각 문파의 개파 조사(開派祖師)가 그만큼 대우 받는 것이고, 제자들이 그의 은공을 길이길이 기억하는 것이다.

"네가 그걸 터득할 수 있으니까. 아예 손댈 자격도 안 되는 놈들밖에 보지 못했거든. 파천황의 무공이 내 대에서 끊겨야 되겠나?"

그는 몇 가지 주의 사항을 말해준 후, 어둠 속으로 스며들 듯 사라졌다.

"이름이라도 알려주고 가!"

그러나 역용인은 말이 없었다. 그냥 가버린 것이다.

"흠……."

대체 저 사람은 뭐였는지 모르겠다. 자는 데 깨워서 여기까지 데려와 놓고는 대뜸 무공을 던져 주고 가다니. 그러고 보니 그의 이름은 물론이고, 이 무공명이 뭔지도 모르는 채였다. 양유는 스스로 이름을 붙여보았다.

"용린(龍鱗)이라고 하자. 음, 좀 유치한가?"

다른 걸 생각해 보았지만, 그보다 괜찮은 명칭을 찾기가 힘들었다. 애초에 자기 무공도 아니고, 혼자 부를 때 쓸 것이라 그냥 이대로 가기로 했다.

양유는 땅바닥에 털썩 주저앉았다. 방으로 돌아갈까 했으나 역시 그럴 때가 아니었다. 그는 구결을 음미하며 몇 시진을 보냈다. 간만에 그의 심상 공간에 새로운 무공 구결이 습득 저장되고 있었다.

"음, 시간이……."

햇빛이 몸을 달굴 만큼 떠오르자 그제야 양유는 시간의 흐름을 느끼고 자리에서 일어났다. 양유는 곧장 남연당으로 가서 상관수하에게 말했다.

"그자, 어디 있습니까?"

상관수하는 이제 상실할 어이도 없다는 얼굴이었다.

"어제는 음모론을 펼치더니만, 오늘은 잘 시간도 아닌데 와서 봉창을 두드리는군요. 그자가 누구기에 저한테 와서 찾는 거죠?"

"왜 세가를 구한 은인을 필사적으로 숨긴 것인지 그것도 좀 궁금하니 당신하고도 얘기를 나눠보고 싶긴 한데, 당장은 그자를 더 만나고 싶거든. 어디 있습니까?"

양유는 자신이 더 이상 모르는 게 없으며, 이제 와서는 적당히 속여 넘긴다는 게 불가능하니 어설픈 거짓말은 그만하라고 했다.

그러나 상관수하는 여전히 모른다는 투였다.

"또 이상한 소리를 하는군요. 그자가 대체 누군가
요?"

"그걸 나도 모르니 여기 온 것 아니겠습니까?"

역용한데다 자기 이름도 말을 안 해주는데 무슨 수로
알겠느냐며 답답해하는데, 상관수하는 그제야 인정을
했다.

"그래요, 당신도 알 만큼 아는 것 같아요. 그럼 이러
는 게 무슨 의미가 있을지……. 당신 말이 맞아요. 우
리는 그분에게 큰 빚을 졌죠."

갑작스러운 태도 변화. 이유가 궁금했지만 양유는 그
녀가 드디어 사실을 말한다는 데 의의를 두고 왜 그랬
는지, 지금은 왜 이러는지는 일단 신경 쓰지 않기로 하
고 질문을 했다.

"좋습니다, 그래서 그는 지금 어디에?"

"그건 저도 몰라요. 저도 그의 본모습을 본 적이 없
고, 그 또한 자유자재로 역용을 하는데 무슨 수로 알겠
어요?"

"그는 자기가 남연당에서 일한다고 했습니다. 당신은

뭐라도 알 거 아닙니까?"

"그가 여기 있었다고요?"

상관수하는 놀라는 모습을 보였지만, 그게 진심인지, 아니면 가장한 모습인지는 알 방도가 없었다.

그녀가 말했다.

"전혀 몰랐어요. 은인은 한동안 세가에 머물면서 우릴 돕는다고 말씀하시긴 했지만, 워낙 신출귀몰하니 어디서 뭘 하는지는 아무도 몰라요."

"그럼 누구인지 추측이라도 해봐요. 당신, 남연당주 아닙니까?"

"뭐, 일단 전대의 고인이겠죠. 당신처럼 젊은 나이에 초고수가 되는 경우도 있지만, 그건 정말 있기 힘든 일이고…… 역용한 얼굴보다는 나이가 더 들었을 거예요."

"글쎄, 별로 연륜이 느껴지진 않던데. 말하는 거나 행동거지가 좀……."

"가만 좀 있어요. 마도의 인물이 아닌 건 확실하겠죠. 패도도 배제할 수 있어요. 패도 사람이 우리를 도울 이유가 없으니까. 그리고 특정 문파에 몸담았던 사람도 아닌 것 같아요. 당연히 우리보다 자기 가문과 문파가 우선일 텐데. 물론 지나는 길에 의협심을 발휘한 것일 수도 있지만, 그 뒤에도 세가에 머무른다는 것이 중요해요. 그건 역시 돌아갈 곳이 없기 때문이 아닐까요?"

일단 그럴듯한 추측이라 느껴졌다.

"전대의 정파 초고수이면서 문파에 소속되지 않은, 혹은 소속되었더라도 그 문파가 지금에 와서는 자취를 감춘, 그런 사람을 찾으면 되겠군."

양유는 그렇게 말한 뒤, 그런 사람이 있느냐고 물었다.

상관수하가 대답했다.

"없어요."

"……지금 장난합니까?"

"아니, 진짜 없어요. 지금은 강호를 떠난 정파의 전대 초고수들을 다 생각해 봤어요. 거의 다 번듯한 문파에서 키워낸 자들이고, 그들의 문파는 지금도 세를 과시하고 있지요. 아닌 사람이 아예 없는 건 아니에요. 그런데 그들 대부분은 죽음이 확인된 상태고, 살아 있는 사람이 있기는 한데…… 지금은 과거의 그 실력이 아닐 거라고 확신하네요. 팔이 잘리고 난 뒤에 은퇴했으니."

상관수하는 자기도 다 생각해 봤는데도 모르겠다는 것이니, 자신에게 자문을 구해봐야 소용없다고 했다.

"아마 쭉 세상에 자신을 드러내지 않고 지내던 기인이 아닐까요? 당신도 따지고 보면 그런 쪽이잖아요."

"음……."

천하에는 별의별 사람이 다 있으니 그럴 수도 있었다. 스승만 해도 그랬다. 스승은 정말 인간 같지 않은 능력을 소유했다. 그 자신부터가 무학 방면에서 탁월한 성취를 이루었음은 물론, 군유현이라는 시대의 패자를 배출하기도 했다.

또한 자기 얘기를 하자면, 자신은 그야말로 온전한 스승의 작품 아닌가.

독특한 무공 학습법, 자신을 초고수로 만들기 위한 스승의 온갖 노력과 계략, 악독할 정도의 각본.

그 방법의 잘잘못을 따지기 이전에 어쨌든 극도로 효율적이었다는 건 양유도 인정하는 사실이었다.

스승의 능력은 그뿐만이 아니었다. 그게 뭔지는 잘 모르지만, 뭔가가 더 있는 건 분명했다.

그런 스승조차도 무림에서는 그저 무명의 노인일 뿐이었다. 그러니 역용인도 그러지 말라는 법은 없었다.

그러나 상관수하가 진실을 말하는지 아닌지는 불분명했다.

양유는 그녀를 빤히 쳐다보았다. 상관수하의 표정에서 진심을 읽어보려 했는데, 그게 됐으면 그가 지금 이 자리에 있지도 않았을 것이다.

"뭐, 알겠습니다. 언젠가 또 보겠지요."

"대체 그분하고 무슨 일이 있었기에 그래요?"

양유는 대답하지 않고 나왔다. 그는 머릿속에 각인된, 역용인이 알려준 구결을 떠올렸다. 획기적인 무공이다. 양유는 무공 경지는 높아도 일대 종사와는 거리가 멀었다. 다양한 무공을 접하지도 못했고, 오직 자기가 가진 것만을 갈고닦았을 뿐이다.

그런 양유가 보기에도 이 무공은 독창적이고 획기적이며 무한히 확장할 수 있는 가능성도 내포하고 있다는 것을 알 수 있었다. 양유는 세상에 공짜가 없음을 그간의 경험으로 뼈저리게 느꼈다. 누군가 나에게 일백만큼의 호의를 보인다면, 그는 이백 정도로 되돌려 받기를 바라고 있는 것이다.

그렇다면 역용인이 원하는 것은 무엇일까?

양유는 그가 말없이 사라진 게 더 신경 쓰였다. 그러나 지금 양유가 할 수 있는 일은 없었다.

양유는 이후 며칠간 매우 단조로운 날을 보냈다. 용린을 익히는 데 시간을 투자했더라면 아마 쏜살같이 지나갔을 것이다. 그러나 이미 습득 저장한 지식은 굳이 만지고 조물락대기보다는 시간을 들여 숙성하는 과정이 필요하다는 것을 경험으로 알고 있었다.

그래서 양유는 일부러 신무공을 한편에 치워두고 빈둥거리기만 했다.

보다 못한 상관소혜가 한소리를 했다.

"언제까지 이러고 있을 거야?"

"당분간."

"그럴 때가 아니잖아! 지금 마문의 대부대가 세가로 접근하고 있어. 당장 막아낼 방도를 찾아야 하는데 너는 방구석에만 처박혀 있으니, 대체 뭐하자는 거야?"

바로 어제, 상관가에 급보가 도착했다. 마문의 병력이 상관가를 향해 집결하고 있다는 소식. 세가가 발칵 뒤집히고 가주는 총동원령을 내려 가내의 모든 사람이 전투 준비를 하는데, 양유는 남들이 그러거나 말거나 느긋했다.

"걱정을 하지 말라니까 그러네. 다 막게 되어 있어. 그리고 넌 내가 책임지기로 하지 않았던가?"

"책임?"

"음?"

단어 선택을 약간 잘못한 것 같다. 양유는 황급히 정정했다.

"아니, 뭐, 신변의 안전을 보장하겠다는 말이지. 태산이 두 쪽이 나도 내 옆에만 있어. 웃으면서 두 쪽 나는 거 구경하게 될 테니까."

상관소혜는 그를 믿어야 할지 말아야 할지, 이게 말뿐인지 진심인지 알 수가 없었다.

"네가 그렇게 고수야? 마문이 두렵지 않을 정도로?"

"아직 제대로 만난 적이 없어서 센지 약한지도 잘 모르고…… 안 되겠다 싶으면 날라야지. 내가 도망 하나는 잘 칠 수 있거든."

"이게 진짜!"

그녀는 양유의 이런 태도가 못마땅했다. 세가는 어떻게 돼도 자기 한 몸만 건사할 수 있다면 상관없다는 말 아닌가.

"그럼 수많은 사람이 죽는 걸 지켜만 볼 거야? 너는 한때 상관세가의 사람이기도 했잖아."

양유는 자기가 여기 '있던' 적은 있어도 여기 '사람

이었던' 적은 없다고 말했다. 상관세가에 자신과 유관한 사람이 대체 얼마나 있단 말인가. 생각해 보니 아무도 없는 것 같았다. 또한 천하에는 숱한 사람들이 온갖 억울하고 원통한 일로 지금도 수도 없이 죽어가고 있다. 남들이 죽는 일마다 감수성을 발휘한다면 몸이 백 개라도 모자랄 것이라고 말했다.

"그리고 난 내 앞가림하기에도 벅차. 벅찬데 너까지 책임지려니 더 벅차."

상관소혜는 언성을 높였다.

"책임은 무슨 책임이야? 그래, 내가 마문도들한테 죽거나 잡혀가는 일은 없다고 하자. 네가 그렇게 장담하니까. 그런데 가족, 친지 다 죽고 세가가 잿더미가 된 상태에서 나 혼자 살아남는다면, 그게 죽은 것과 뭐가 다르지? 죽는 것보다 더 나쁘잖아! 그게 어떻게 날 책임지는 거야?"

가주가 상관소혜를 보호하라 할 때에는 그녀의 장래까지 책임지라는 뜻은 분명 아니었다. 그러나 그녀가 억지를 부리고 있기는 해도 심정이 이해는 되었다. 상관가라는 울타리 없이 상관소혜가 이 험한 세상에서 어떻게 살아갈까.

그녀는 울먹이며 말했다.

"너는 도대체 무슨 생각을 하고 사는 거야? 나, 나는 도무지 알 수가 없어. 이 세상 사람이 맞긴 하니?"

이건 또 무슨 소린지?

그개를 갸웃하면서도 뭔 말을 하려나 하며 양유는 일단 가만히 있었다.

그러자 그녀는 속에 담긴 말을 꺼냈다.

"넌 내가 널 어떻게 생각하는지 신경도 안 쓰지? 나는 하루에도 몇 번이나 얘가 왜 이러나, 혹시 나한테 마음이 있나, 아니면 없나? 조마조마하고, 조바심도 나고 그런데…… 그러거나 말거나 넌 관심도 없지? 왜냐면 넌 엄청 잘났으니까. 엄청 잘나서 세상이 네 발아래 있잖아. 안 그래?"

양유는 좀 충격을 받았다. 그도 눈치라는 게 아예 없는 수준은 아니니까 그녀의 태도가 이전과는 다르다는 건 알았다. 그러나 서로 첫 만남이 진짜 최악이었기 때문에 어떻게 발전할 수도 있을 거라는 발상 자체를 안 해봤고, 지금은 서로 편히 대하는 사이 정도로밖에 생각하지 않았는데 갑자기 그런 말을 듣게 되니 어찌할 바를 몰랐다.

"아니, 음, 그런 건 아닌데……."

양유는 지금 자기가 처한 상황에 대해 말했다. 자기 앞가림하기도 벅차다는 말은 결코 과장이 아니었다. 온갖 제약에 걸려 있는 상태이고, 어떤 미래가 자기를 기다리고 있을지 짐작조차 하지 못하고 있다. 잘나서가 아니라 오히려 불안하고 모든 것이 불확실해서 이러는 것인데…….

그러나 양유는 미처 말을 다 하지 못했다. 그녀가 자신을 껴안았기 때문이다.

상관소혜는 울며불며 말했다.

"날 버리지 마! 나라고 이런 말 하기가 쉽겠어? 얼마나 부끄러운데……. 그런데 네가 이대로 사라지면 평생 후회할 것 같아서……."

양유는 그녀의 양어깨를 붙잡으며 약간 거리를 벌렸다. 그의 앞섶에는 눈물이 잔뜩 묻어 있었다.

"나, 나는 책임져야 할 사람이 이미 있는데……."

"걔가 질투심이 심해?"

"글쎄, 그렇지는……."

"그럼 상관없어."

진짜 뭘 어떻게 대응해야 할지 모르겠고 멍하기만 하

다. 그녀가 이런 생각이었다는 것은 짐작도 못했기에.

양유가 물었다.

"대체 왜?"

"처음에는 그냥 신기하고 이상한 인간이라고만 생각했는데, 안 보니까 보고 싶고, 같이 있으면 재밌고. 그럼 그걸로 된 거 아니야?"

양유는 잠깐 상관소혜에 대해서 생각해 보았다. 일단 성격이 안 좋은 정도를 넘어서 좀 괴팍하기까지 하다. 잔인하고 표독한 구석도 있다. 주변에서 모든 걸 다 받아주는 환경에서 자라다 보니까 가치관이나 사고방식도 매우 이상하다. 처음에는 진짜 미친 여자인 줄 알았다.

거대 괴인으로부터 그녀를 구한 이후부터 본다면 이 평가는 좀 수정될 수 있다. 어떨 때는 놀랍도록 이성적이고 논리적인 판단과 말을 하기도 한다. 자신이 상관소혜와 대등한 관계가 되었다는 것을 그녀가 인지한 후부터는 제멋대로에 막말하는 건 그대로여도 그게 미워 보이지는 않을 정도로 행동했다.

그건 자신에게만 국한된 변화이고, 그녀가 여전히 아랫사람에게 잔혹할 수는 있었다. 그러나 원래 인간은 다면적이고, 어느 쪽이 본모습인지는 알 수 없는 것 아닌가. 종합적으로 판단했을 때, 양유는 이제 자신이 상관소혜를 싫어하지는 않는 것 같다고 결론을 내렸다.

"후……."

양유는 그녀의 눈물 자국을 닦아주면서 한숨을 쉬었다. 어디까지나 싫어하지 않는단 말이지, 그녀가 좋다는 건 아니었다. 애초에 그런 감정이 생길 사이도 아니고, 지금 그럴 여유도 없었다. 그러나 그는 모질지 못해서 아무 말을 하지 않았다.

"잠깐."

그렇게 서로 붙은 자세로 한참을 있는데, 문득 양유가 일어나 밖으로 나갔다.

문 앞에는 이달헌이 서 있었다. 그는 냉소를 지으며 말했다.

"예상외로 팔자 좋게 지내고 있군. 여자 때문에 이렇게 고생하면서도 다시 여난에 빠지니, 진짜 팔자라는 게 존재하나?"

"닥쳐."

그러나 이달헌은 닥치지 않았다.

"아니, 뭐, 고행이라도 하고 있기를 바라지는 않는데 가주 조카를 낚아서 희희낙락하니, 이건 좀 심한 거 아닌가? 고와는 이제 잊었나 보지?"

양유는 저벅저벅 다가가서 이달헌의 뺨을 쳤다.

그는 왼팔을 들어 방어했다.

양유는 이달헌의 손목을 턱 잡아서 한 바퀴 돌려 그를 내동댕이쳤다.

하지만 이달헌도 고수는 고수. 그대로 땅에 처박히는 볼썽사나운 모습은 연출하지 않았다. 안정적으로 착지하고는 튕기듯 양유에게 달려들었다. 그러면서 쌍장을 뻗으니 광살아수라파천마공의 강력한 기운이 쏘아져 나왔다. 한낱 손바닥에서 어떻게 이런 게 나올 수 있는지 의문이 들 정도였다.

양유는 피하지 않고 오른팔로 얼굴을 가리면서 장력을 뚫고 나갔다. 오른쪽 소매가 너덜너덜해졌을 뿐, 달리 상한 곳은 없었다.

받은 만큼 돌려주기 위해 양유 또한 팔을 뻗어 일장을 날렸다. 더하면 더했지, 절대 덜하지는 않은 경력의 파도가 이달헌을 덮쳤다.

그는 양유처럼 할 수가 없어서 황급히 장력의 영향권에서 벗어났다.

양유는 미리 예측하고 연이어 주먹을 내질렀다. 권력

은 마치 작은 포탄처럼 날아가 이달헌을 맹폭했다.

방향을 살피면서 피하고 어쩌고 할 시간이 없어서 그는 '에라, 모르겠다' 하고 데굴데굴 굴렀다. 대부분의 권력은 이달헌을 지나쳐 담장을 부수고 말았지만, 몇 개인가가 적중했다. 호신강기로 보호했어도 충격이 완전히 상쇄되지는 않아서 그는 입가에 피를 질질 흘리며 일어났다.

"그만, 그만하자."

이달헌은 두 팔을 들고 싸울 뜻이 없음을 밝혔다.

이럴 거면 뭐하러 시비를 건 것인지.

양유의 눈빛에 담긴 의미를 읽었는지 이달헌은 피를 닦으며 주절주절 얘기하기 시작했다.

"얼마나 더 강해졌는지 확인해 봐야 해서 그냥 아무렇게나 한 말이다. 신경 쓰지 마라."

"음……."

정말 아무 말이나 한 것인지, 아니면 마음에 담은 말을 했다가 얻어맞을 상황에 처하자 그런 변명을 하는 것인지, 그의 말이 맞아서 그저 도발하려고 한 말이긴 해도 그러기 위해 속에 있는 진심을 꺼낸 것인지, 어떤 것인지는 알 수가 없었다.

"그래서, 얼마나 나아졌는데?"

"매우……. 방금 것은 검탄(劍彈)의 변형이라 보이는데 이미 파왕검이라는 절대무식한 경력 무공이 있으면서 이런 기교도 사용하다니, 놀랍군. 장법을 익히지도 않은 놈이 파천거력장을 무색하게 하질 않나, 순간적으로 내친 경력막으로 깔끔하게 막기도 하고……."

이달헌은 좀 우울해 보였다.

양유는 소매를 흔들며 완전 깔끔하지는 않았음을 보였다. 놀리려고 그러는 게 맞았다.

"흠, 그만해. 넌 초고수와 고수를 구분하는 선(線)을 무엇이라고 생각하지?"

"글쎄, 십대고수로 한정하면 너무 적고…… 삼십삼존급?"

"아니, 그걸 숫자로 판단하면 안 되지. 그러면 어떤 시절에는 초고수가 매우 강하고, 어떤 때는 고수보다 약간 괜찮은 수준일 수도 있는데, 그러면 고수를 넘어섰다는 표현을 왜 쓰지? 그 사람은 그냥 고수지."

양유는 그러면 뭐냐고 물었다.

"바로 경력 무공에 대한 이해도 차이! 완전한 경력 무공을 사용하는 무인을 그게 안 되는 이가 상대할 방법은 전혀 없다."

이달헌의 말은 맞았다. 일단 고수가 되기 위해서는 무조건 적정량의 내공이 뒷받침되어야 한다. 그러나 내공이 있어도 의념이 머무는 곳에 진기가 이르는 의발수기(意發隨氣)의 경지에 이르지 못하면 그는 고수라고 할 수 없다.

그 두 가지를 모두 갖추면 그때부터는 고수 대접을 받으며, 그 경지에 이르지 못한 무인들을 발아래에 두게 된다.

그러나 그런 고수조차도 초고수 앞에서는 아무것도 아니다. 고수는 단지 내부에 존재하는 진기를 극도로 활용할 뿐이거나 경력 무공을 사용해도 초보적인 경지에만 머문다.

그러나 이달헌이 정의한 초고수는 외기인 경력을 완벽하게 다루어 누구를 상대로도 일방적으로 유리한 싸움을 한다.

"그래서?"

"하지만 초고수 사이에도 급은 존재하지. 경력 무공은 정말 숙달하기가 힘드니까. 보면 공격적으로는 잘 써도 남의 경력 무공에 대한 방비는 전혀 안 되어 있는 경우가 많다. 나를 필두로 해서……."

말을 하는 그는 굉장히 씁쓸해 보였다.

"만약 경력 무공이 공방 양면으로 완전하다면 천하에서 열 손가락 안에는 가볍게 들 수 있지. 그런데 너는……."

이달헌은 진짜 부럽다는 듯 양유를 보았다.

"이미 파괴력으로는 최강인 파왕검이 있고, 방금 봤다시피 방어도 튼튼하지. 거기다 습득 능력이 말도 안 돼. 검탄이나 파천거력장 같은 건 천하에 서너 사람이나 펼칠까 말까 한 절기이고, 독문 무공이다. 그런데 그걸 그냥 뚝딱 따라 해? 나는 네가 거의 초고수의 완전체에 이르렀다고 본다."

"음, 하긴……."

이렇게 경력 무공이 쉬워진 건 아마 내공의 성질이 달라진 게 큰 역할을 했을 것이다. 내공을 외기로 뽑아내기 위해서는 일종의 전환 과정이 필요한데, 내공이 바뀌고부터는 그 과정이 놀라울 정도로 단축되었다.

양유가 말했다.

"그럼 이건 어때? 초고수를 초월한 고수."

"네가?"

"아니, 굳이 내가 아니더라도 그런 걸 생각할 수 있

을까?"

"경력 무공보다 한층 더 발전한 뭔가가 있고 그걸 터득한다면, 그때는 절대고수라는 말을 새로 만들어도 되겠지. 그런데 넌 그 정도는 아니다. 결국 같은 경력 무공을 사용하고 있고, 그 완성도가 높을 뿐이니까."

"흠, 그래?"

양유는 잠깐 뭘 생각하는 듯했다. 그러다 가장 중요한 질문을 하지 않았음을 깨달았다.

"그런데 여긴 왜 온 거야?"

"아……."

이달헌은 서찰을 꺼냈다.

양유가 뜯어서 읽어보니, 이번 내용은 더 짧았다.

마문 대 상관가 전투.

최대한 끼어들지 말고 대기할 것.

"광살마."

"왜?"

"도대체 스승의 의도는 뭐지? 이런 게 스승의 어떤 목적을 위해서 필요한 것인가 도무지 알 수가 없어."

이달헌은 얼굴을 찡그렸다.

"전에도 한 번 말하지 않았나? 그건 나도 모른다. 나한테 묻지 마라."

그는 자신이 여전히 할 수 있는 말은 하나뿐이라고 했다.

"어지간해서는 네 스승의 말대로 하라는 것. 네 스승이 죽으라면 죽어라…… 뭐, 그런 뜻은 당연히 아니다. 그러면 내가 심한 놈이지. 다만, 네 스승이 정말 상상 이상의 행동을 하긴 해도 기본적으로 넌 그의 제자이고, 그도 너를 굳이 해하고 싶지는 않을 것이기 때문에 일단은 버티라는 거다. 지금 굉장히 분하고 참을 수 없는 지경인 것은 알지만, 그래도 참아. 왜냐하면 그러지 않을 경우에는……."

그는 말끝을 흐렸다.

"아무튼 나는 그게 최선이라고 본다."

그러고는 또 하나 마나 한 소리를 했다. 하나 마나 한 소리는 역시 들으나 마나 하고 들으면 그만이다. 양유는 더 이상 그에게 볼일이 없다고 생각했다.

그때, 빼꼼 문이 열리고 상관소혜가 밖으로 나왔다. 그녀는 이달헌의 얼굴을 보더니 흠칫 놀랐다.

너무나 인간 같지 않은 외모. 그러나 눈코입 다 달려 있고, 팔다리 있는 것을 보면 일단 인간은 맞는, 이달헌의 개성적인 생김새가 눈에 들어온 것이다. 그래도 그녀는 생긴 것에 압도되지 않고 이달헌에게 말했다.

"너, 왜 내 처소에 와서 행패야? 죽을래?"

그러고는 양유에게는 정을 담뿍 담아…….

"어디 다친 데 없어?"

부드럽게 말하며 다가와서 이리저리 살핀다.

옷이 좀 찢어진 것 말고는 털끝도 상하지 않았다. 이를 확인하자 그녀는 마음을 놓은 듯 본격적으로 이달헌을 비난하기 시작했다.

"당신이 대체 무슨 권리로 양유를 핍박해? 양유! 이 사람이야? 널 괴롭히는 게?"

이달헌은 어이가 없었다. 자업자득이긴 해도 어쨌든 먼저 친 것은 양유 아닌가. 거기다 피를 흘린 것도 자기다. 항변하기 위해 상관소혜 쪽으로 접근했다. 그녀는 꺅! 하고 소리치면서 양유 뒤로 숨었다.

"저 괴물이 날 공격하려 해!"

그 말에 이달헌은 쓸쓸하게 웃었다.

"이렇게 생긴 내가 잘못이지……."

그도 자신이 흉물이라는 건 알았다. 그래도 면전에서 괴물이라니……. 중원에 팽배한 외모 지상주의에 한탄이 나왔다.

못생기면 맞고 다녀도 맞은 사람 잘못이 되는 세상.

"간다."

이달헌은 쓸쓸히 등을 돌려 가버렸다. 그러나 곧 다시 돌아왔다.

"이걸 안 주고 갈 뻔했군. 받아라."

그가 건넨 것은 현철검이었다. 양유가 과거와의 단절을 선언하면서 버린 검. 그게 결국 제대로 끊어내지 못한 그의 현실을 비웃기라도 하듯 이달헌을 통해 돌아왔다. 양유는 받지 않고 가만 보기만 했다.

이달헌이 말했다.

"그냥 써. 천하제일의 검법을 가진 놈이 검도 안 가지고 다닌다는 게 말이 되는가. 내가 이거 찾느라고 개고생한 걸 생각해서라도."

양유는 잠시 생각하다 결국 현철검을 건네받았다. 이달헌의 노력을 헛되이 하지 않기 위해서라기보다는 다시 검을 쥐게 될 수밖에 없다는 것을 알기 때문이었다.

검은 아무 잘못이 없으니, 기왕이면 명검을 쓰는 게

낫잖은가.

양유는 현철검을 뽑아 들고 검신을 살폈다. 여전히 좋은 검이었다.

이달헌은 양유가 검을 받은 것을 확인하곤 정말 갔다.

상관소혜가 물었다.

"누구야? 왜 싸운 거고?"

"있어, 그냥 아는 사람. 그리고 싸웠다기보다는 잠깐 비무를 한 거지."

그 말에 상관소혜는 멋쩍은 웃음을 지었다.

"그래? 그럼 좀 미안하네. 헤헤……."

양유는 이 여자가 고작 그런 일에 미안함을 느끼리라 고는 생각하지 않았다. 그냥 착해 보이는 모습을 연출 하고 싶은 것이다. 이달헌이 이를 봤다면 '장난하나' 하면서 화를 낼지도 몰랐다. 그러나 상관소혜가 이러는 게 싫지만은 않았다. 좀 귀여워 보이기도 했다.

'아니, 내가 미쳤나……..'

양유는 혼란을 느끼며 머리를 마구 헝클었다. 그녀의 속마음을 듣기 전에는 전혀 신경이 안 쓰였는데, 이제 는 좀 의식이 되었다.

"왜 그래?"

상관소혜가 눈을 동그랗게 뜨고 자기를 바라보는데, 양유는 쉽게 눈을 맞출 수가 없었다. 내숭을 떠니까 본래 성질이 가려지고 예쁜 얼굴만 보였다. 이건 진짜 좋지 않았다.

"아니, 아니야……."

양유는 잠깐 해야 할 게 있다고 하곤 도망치듯 별당을 나왔다.

그런데 상관가에서 자기가 할 일은 억지로 만들어봐도 없었다. 세가 사람들은 마문과의 전투에 대비하여 정말 바쁘게 움직이고 있는데, 그 속에서 양유는 실의에 빠진 사람처럼 터덜터덜 걷기만 할 뿐이다.

그런 그에게 다가오는 이가 있었다.

"볼 때마다 어깨가 축 처져 있는 것 같은데, 약간 청승을 떠는 취미가 있는가 보군?"

처음 보는 사람이지만 목소리는 익숙했다. 양유는 그 말을 들자마자 그가 역용인임을 알았다.

"……당신!"

33장 양유 대 마문

양유는 역용인에게 묻고 싶은 말이 많았다. 이름은 뭐고, 뭐하는 사람인지, 자신에게 그런 호의를 보인 이유, 무슨 동냥 바가지에 담아 주는 찬밥도 아니고, 그가 준 것은 무공 구결이었다. 그것도 상상 이상의 경지에 있는.

그렇다면 역용인이 바라는 것은 과연 무엇인가.

이를 조리 있는 말로 풀어내는 데는 시간이 필요했다. 그러나 역용인은 그럴 틈을 주지 않았다.

"잠깐 나하고 어디 좀 가지."

"싫다."

궁금한 것이 있다고 해서 그의 말에 따라야 하는 건 아니었다.

퉁명스런 양유의 대답에 역용인은 픽 웃었다.

"새로 얻은 무공에 대한 감상은 어떤가? 좀 쓸 만하지 않든?"

양유는 그것만큼은 인정했다.

"놀랍더군. 근데 내가 가르쳐 달라고 한 것도 아닌데, 그거하고 무슨 상관이지?"

"그건 맞다. 그래도 어떻게 보면 이것도 배사(拜師)의 연인데, 그런 태도는 좀 너무한 거 아닌가? 시정잡배들한테 삼재검을 가르쳐도 이런 반응은 안 나오겠다."

"역시 그러려고 구결을 준 건가? 당신이 바라는 게 뭔데?"

역용인은 기가 찬 듯 고개를 저었다.

"내가 보기에 너는 괜찮은 사람 같은데, 약간 피해 의식이 있는 것 같다. 그거 병이다. 고쳐야 돼."

"뭐?"

"나는 정말 순수한 의도였고…… 후학을 위해, 무학 발전의 연속성을 위해, 좋은 후배를 만난 기분으로 등

등등…… 온갖 말을 하더라도 너는 받아들이지를 않겠지. 그러니까 한 방에 퉁 칠 기회를 주겠다. 이것만 해주면 너는 나에게 아무 빚이 없는 거다."

"한 번 들어나 보지."

역용인은 아무렇지도 않게 말을 했다.

"쉬워. 세가로 쳐들어오는 마문을 막기만 하면 된다."

"쉽다고?"

"어려울 게 있나? 네가 어느 정도 고수지?"

양유는 못해도 천하에서 열 손가락 안에는 든다고 했다.

"겸양은……. 그런 건 좋네. 마문 전체가 다 몰려오는 것도 아니고, 세가 하나 치러 오는 병력인데 그걸 우리 둘이서 감당 못할까. 그냥 마실 나가는 기분으로 갔다 오지."

"그렇게 쉬운 일이라면 혼자서 해도 되는 거 아닌가?"

역용인은 머리를 긁적였다.

"손 하나로는 약간 버거울 것 같아서 말이지. 무엇보다 이건 너한테 전혀 나쁠 게 없다는 사실을 말해주고 싶군. 앞으로 내가 무공을 전수해 준 은혜 운운하면서 더 어려운 일을 부탁한다면 어쩔 건데? 지금 털어버리는 게 낫지 않을까?"

"웃기는군. 만약 내가 용린을 익히지 않으면?"

"용린?"

"아……."

양유는 자기가 마음대로 붙인 이름이라고 했다. 이게 웃긴 작명이라는 건 알지만, 당신이 무공명이 뭔지 말도 안 하고 갔고, 그래서 쓰는 단순한 가칭일 뿐이니 원래 이름을 알려주면 그것으로 바꿔 부르겠다고 했다.

"아니, 그거 괜찮네. 나도 아직 못 정했거든. 앞으로는 용린이라고 부르도록 하지. 음, 그런데 그걸 연마하지 않을 수도 있다고 했나? 농담도 참……. 강해질 수 있다면 자기 혼도 내다 팔 수 있는 게 무인이다. 무인이라면 또 그래야 하고. 그런 하찮은 이유로 한 보 더 나아갈 기회를 마다해? 물론 당장은 아주 큰 필요를 느끼지는 않겠지. 이 무림에서 너를 억압할 수 있는 사람이 얼마나 있겠어? 용린을 익히지 않고도 잘살 수 있으니 지금은 굳이 더 나아가지 않아도 된다고 생각할 수도 있어. 하지만 너는 이미 벽 앞에 서 있지. 일 년이 지나고, 십 년이 지나도 아마 그 벽은 여전히 높고 견고하게 네 앞에 머물러 있을 것이다. 그쯤 되면 거의 미칠 것 같지 않을까? 그러나 너는 내 해법이 아닌 너만의 방법을 찾아야 한다, 나에게 빚을 지지 않기 위해서는. 그러다 크나큰 유혹에 빠져서 용린을 이용해 벽을 넘는 순간, 난 너를 찾아갈 것이다. 찾아가서 '아, 왜 그때 그를 도와서 마문을 치지 않았을까' 후회할 정도로 무리(無理)하고 난해(難解)하고 불가능(不可能)한 부탁을 할 거다. 그러니까 지금 결정 잘해."

양유는 사람이 한 번에 이렇게 길게 말하는 것을 처음 보았다. 그의 말은 타당한 데가 있었다. 아예 몰랐으면 모를까, 한 번 단맛을 본 사람이 쓴 것만 찾아다니기란 매우 어려운 일이다. 하지만 스승은 이 일에 개입하지 말라고 하지 않았던가.

그는 역용인에게 물었다.

"당신이 상관가를 돕는 이유는 뭐지?"

"글쎄, 별거 없어. 그냥 여기 있는 어떤 사람이 죽거나 다치지 않기를 바랄 뿐이지."

"그 사람은 가주를 말하는 건가?"

"알아서 생각해. 자, 어쩔 건가? 결정은 빠를수록

좋다."

"그래, 해보지 뭐."

생각해 보니 스승은 '최대한' 끼지 말라고 했지, 무
조건, 절대적으로 피하라고는 하지 않았다. 양유는 지
금이 바로 그 최대한을 넘은 시점이라는 식으로 얼렁뚱
땅 생각했다.

"잘 생각했다. 그럼 출발하지."

"당장?"

"지금쯤이면 하루 반 거리 앞까지 왔을 텐데, 그 정
도가 멀지도, 가깝지도 않고 좋다."

"그래? 그러면 앞장서. 따라가지."

역용인은 고개를 끄덕이곤 경공을 전개했다.

양유가 그의 뒤를 쫓았다.

두 사람은 시야가 깜깜해질 때까지 달렸다. 마문도들
은 드넓은 평야에 진주해서 그날 행군한 피로를 풀고
있었다.

목적지에 도착한 둘은 언덕 위에 올라 마문 병력의
규모를 살폈다.

양유가 말했다.

"아까 마실이라고 하지 않았나? 저게 뭐야?"

수없이 늘어선 군막과 거기 걸려 넘실대는 횃불. 그게 평야 전체를 덮고 있었다.

이 정도면 거의 국가 간의 전쟁 수준 아닌가.

"세가 하나를 치는 데 이 정도의 병력을 동원해?"

역용인은 어깨를 으쓱했다.

"상관가를 밀어버리고 또 갈 데가 있나 보지. 좀 많긴 하다."

양유는 잠깐 다시 생각해 보자고 했다. 이건 일당백도 아니고, 거의 일기당천을 해야 할 분위기가 아닌가.

무식하게 돌격하기보다는 작전을 짠다든지, 후일을 도모한다든지…… 다른 선택을 고려해 보는 게 좋지 않을까 말하는데…….

"엄살은."

역용인은 들은 체도 않고는 아래로 훌쩍 뛰어내렸다. 그는 마문 주둔지까지 돌격하여 양쪽 군막에 장력을 날렸다. 천막이 팡팡 터지면서 내부가 피범벅으로 난장판이 되었다. 몇 군데에 더 그러니 경보가 울렸다.

딸랑딸랑! 딸랑딸랑!

"적이다, 적! 윽……!"

지풍이 불침번을 서고 있던 마문도의 머리를 뚫고 지나갔다. 구멍을 통해 피와 뇌수가 질질 흘러나왔다. 그 소리를 듣고 마문도들이 일제히 군막에서 기어 나왔다.

역용인은 횃불을 들어서 공중에 던지고는 휙 장력을 날렸다. 불길이 화르륵 커지면서 막 달려 나오는 마문도를 덮쳤다. 그는 전신이 불에 휩싸여 비명을 지르며 데굴데굴 굴렀다.

"웬 놈이냐!"

그사이에 다른 마문도들은 검을 뽑아 들고 역용인을 둘러쌌다. 역용인은 열 손가락을 펴면서 양팔을 쫙 펼쳤다. 열 개의 손가락에서 나온 열 개의 지력이 열 명의 마문도를 뚫고 지나갔다.

일부는 머리나 심장이 관통되어 즉사하고, 일부는 팔과 다리에 구멍이 났다. 그들은 꿰뚫린 부위를 부여잡으며 쓰러지거나 혹은 다시 덤벼들었는데, 역용인은 그 두 부류 모두에 공평하게 같은 지력을 다시 선사했다.

"크아아악!"

역용인은 그들이 내지르는 비명에 완벽히 무감각해 보였다. 채 숨이 끊어지지 않은 마문도의 목을 밟으며 다음 상대를 찾으려 무심히 눈을 돌릴 뿐이었다.

"미, 미친 괴물이야! 마단(魔團)을 불러!"

이들은 조무래기에 불과했다. 벌써부터 전의를 상실해 등을 돌렸지만, 역용인은 봐주지 않았다.

도망치는 마문도들의 뒤통수마다 그의 지풍이 날아가 박혔다.

그런 작업을 계속하니 어느덧 역용인의 주변에는 아무도 남지 않게 되었다. 그는 다 끝낸 뒤, 신발 바닥에 묻은 피를 바닥에 쓱쓱 닦았다. 그렇게 마문도들을 죽였음에도 다른 곳에는 피 한 방울 묻어 있지 않았다.

"음, 이제야 좀 제대로 하려나?"

그는 주변을 쓱 둘러보았다. 어느덧 마문도들이 원을 형성하여 주위를 넓게 둘러싸고 있었다.

그 사이에서 누가 말을 했다.

"현마단(玄魔團) 단주 이훈성이다. 뭔 배짱으로 혼자 여기를 들어온 거지? 신종 자살 방식인가?"

그는 원래 그냥 죽이려다가 너무 궁금해서 물어보는 것이라고 했다. 원래 같으면 조금이라도 더 살게 해주는 것에 고마워하라고 해야겠지만, 자결하고 싶은 사람이니 굳이 그건 바라지 않겠다고 말했다.

역용인이 말했다.

"현마단이면 현의마문 소속인가?"

"현의마문이라니, 그런 곳은 없다! 우리는 이제 마문일 뿐! 현마단은 단순히 구분상의 편의를 위한 이름이지."

"음, 그 짧은 사이에 정신교육이라도 받았나? 되게 모범 답안을 말하네? 원래 마문 소속인가?"

이훈성은 묻는 말에나 대답하라고 했다.

정말 죽고 싶은 것인지.

그렇다면 친히 죽여줄 용의가 있다고 했다.

"현마단 말고는 또 뭐가 있지? 다른 삼대마문에서도 왔나?"

역용인의 눈이 사이하게 물들었다.

이훈성은 더듬거리며 대답했다.

"광마단(狂魔團)과 신마단(信魔團)의 일부도 왔습니다."

각각 광궐마문과 신의마문의 마인들을 모아놓은 조직인 듯했다.

"그 외에는 누가 더 왔나?"

"암흑마단의 정예, 각종 마졸들, 그리고 마태상님 두 분이 이 부대를 총괄하십니다."

"고작해야 상관세가 하나에 이 정도 인원을 투입하는 이유가 뭐지?"

"그건…… 저도… 잘…… 모릅니다……."

현마단원들은 어리둥절해했다.

갑자기 웬 존댓말?

이훈성은 멍하니 있다가 갑자기 머리를 쥐어뜯었다.

"윽, 윽, 커억……."

구역질까지 하며 난리였다.

그는 겨우 정신을 차렸는지 이번에는 반말을 했다.

"뭘, 뭘 한 거지?"

"됐어, 몰라도 돼."

역용인은 검을 뽑았다.

찰칵!

검이 밖으로 빠져나오며 빛을 뿌리고 무지막지한 경력이 이훈성을 덮쳤다. 피할 새도 없었다. 그에게 주어진 것은 눈만 크게 뜰 시간뿐이었다. 이훈성의 몸이 경력에 의해 찢겨 나갔다. 근처에 있던 수명의 현마단원들도 저승길의 동반자가 되었다.

"공격해!"

이들은 일반 마졸들과는 달리 호락호락하지 않았다.

단주가 죽었어도 일사불란하게 움직이며 역용인을 포위
해 왔다.

그러나 그는 하나도 긴장하지 않은 모습. 검을 휘두
르며 날뛰자 여럿이 죽어 나갔다.

"쇠뇌를 써!"

전열이 나서 역용인을 저지하는 동안 후열의 현마단
원들은 허리에 걸린 쇠뇌를 들어 장전한 다음, 조준하
고 일제히 역용인을 향해 쏘았다.

철컥, 철컥, 철컥, 철컥!

틱, 틱, 틱, 틱, 틱, 틱, 틱!

역용인을 과녁 삼아 철전(鐵箭)이 수도 없이 날아왔
다. 이런 건 몸에 들어오면 꼬리까지 박혀서 빠지지도
않는다. 그러나 역용인에게 날아든 철전은 모두 힘을
잃고 바닥으로 툭툭, 떨어졌다.

그는 철전이 떨어지는 대로 주워서 뿌렸다. 역용인이
던지니 그 어떤 암기보다 무서웠다. 기계로 쏘는 것보
다 더한 힘으로 현마단원들에게 날아가 꽂혔다.

"미, 미친! 저거 뭐야?"

도저히 인간 같지가 않았다. 흡사 군신이 강림하기라
도 한 듯한 무용. 산전수전을 다 겪으며 마도무림에서

살아남은 현마단원들도 이런 상식 밖의 일을 겪으니 자연 사기가 떨어졌다.

그러나 그런 그들 뒤로 광마단, 신마단의 마문도들이 새까맣게 몰려오고 있었다. 많이 죽었어도 여전히 마문도들은 많았다. 현마단원들은 거기에 힘을 받아 다시 역용인을 압박해 갔다.

"적은 하나다! 금방 힘 빠져!"

"아무리 고수라도 내공 다 쓰면 지가 배겨?"

그렇게 서로 독려하며 대열을 다시 갖추었다.

"흠……."

양유는 역용인이 활약하는 모습을 멀리서 지켜만 보고 있었다.

"역시 미쳤군."

저 정도면 몸 가는 대로, 마음 가는 대로 아무렇게나 싸워도 적수가 없는 지경이었다. 양유는 역용인이 현마단을 몰살시키는 것을 보며 중얼거렸다.

"혼자서 다 처리할 수 있지 않을까?"

그런데 그렇다면 나서는 것이 맞았다. 사실 양유는 자기가 어쨌든 역용인을 도와야 한다는 사실을 알았다. 역용인이 충분히 상대할 수 있는 정도의 마문 전력이라면 쉽게 빚을 해결하는 셈이니 그를 돕지 않을 이유가 없고, 역용인이 미친 듯이 날뛰기는 해도 중과부적이라 결국 장렬히 전사할 수밖에 없는 상황이라면 그 역시 그냥 보고만 있을 수는 없는 노릇이었다.

마지막으로 고려해야 할 부분은 자신이 가세해도 수적 열세를 극복하지는 못한다는 상황인데, 그 정도는 아닌 것처럼 보였다. 또한 정 어려우면 줄행랑치면 되는 것 아닌가.

거기까지 생각이 이르자 양유는 한숨을 쉬면서 전장으로 걸어 들어갔다.

"저건 또 뭐야?"

양유를 본 마문도들 중 일부가 목표물을 바꾸어 그를 향해 돌진해 왔다. 양유는 현철검을 뽑아 간만에 위병참을 펼쳤다. 원래도 사람 허리를 끊는 강력한 초식인데, 지금에 와서는 발전에 발전을 거듭하여 힘 좋은 황소도 두 동강 낼 정도의 파괴력을 자랑했다.

위병참! 위병참! 위병참! 위병참!

마구잡이로 펼치다 문득 주변을 둘러보니 아무도 없었다. 다 죽어 나자빠져 있는 것이다. 양유는 계속 위병참으로 길을 뚫어 역용인에게로 다가갔다.

그가 말했다.

"빨리도 왔군."

"가만 놔두면 죽을 것 같기에……."

양유는 역용인을 등지고 섰다. 둘을 바라보는 마문도들의 얼굴에는 분노와 증오도 있지만, 뭐 저런 괴물이 있나 하는 데서 나오는 약간의 놀라움과 대부분의 두려움 같은 감정이 질린 얼굴들 속에 가득 담겨 있었다.

이달현이 말하길 완성형 초고수. 그리고 양유가 느끼기에도 자기보다 더 강한 것 같은 역용인. 무림 사상 이런 조합이 있었나 싶을 정도였다. 저런 반응을 벌써부터 보이면 앞으로는 어쩔 생각인지…….

양유는 현철검의 날이 앞으로 가게끔 하여 잡고는 검을 던졌다. 현철검은 맨 앞의 마문도를 뚫고 지나가고도 힘을 잃지 않은 채 계속해서 나아갔다.

다음 마문도는 검의 첨단이 가까워지는 것을 보곤 검면으로 앞을 막았다.

깡!

"억!"

막긴 했어도 충격에 의해 자빠지고 말았다. 현철검은 바닥으로 떨어지는가 싶더니, 이내 다시 공중으로 떠올라 마문도의 목을 찔러갔다.

이건 어검술의 수법이다. 그것만으로도 놀라운데, 그러면서 양유는 이미 다른 방향으로 움직이며 공격을 전개했다. 쌍장을 뻗으니 웅혼한 기운이 방출되며 마문도들을 덮쳤다. 그러나 말이 웅혼이지, 맞는 사람 입장에서는 너무나 무식하고 욕 나오는 장력이었다.

여기저기서 단말마의 비명을 내뱉으며 마문도들이 죽어갔다. 한쪽에서는 현철검이 혼자 날뛰면서 목을 찔러대고, 반대편에서는 광살마가 빙의하기라도 한 듯 거침없이 장력만 쏘아대는 양유가.

역용인은 감탄한 듯했다.

"양의(兩意) 능력이 대단하군. 그럼 나도……."

그가 정신을 집중하니 바닥에 널려 있던 마문도의 검들이 머리 높이까지 떠올랐다. 십수 자루의 검을 어검술로 조종하는 역용인. 그는 한 무리의 검을 마문 무리로 이동시켰다. 검 다발이 마치 화살 비처럼 마문도들에게 날아가 꽂혔다.

깡깡깡!

일부는 어찌 쳐내긴 했지만, 속도가 너무 빨라 대부분은 목젖이 뚫려 죽거나 복부 등에 박혀 큰 부상을 입기도 했다. 그는 동시에 반대편으로도 검 다발을 날렸다. 세상에 이런 식의 공격을 당해본 무림인은 없을 것이다. 따라서 마문도들은 무척 창의적인 비명을 질러 댔다.

'쿼어어어억!', '꾸에에에에엑!', '키아아악!' 등의 온갖 멱따는 소리와 '윽!', '억!', '엑!', '큭!', '퀵!' 하는 다양한 단말마.

겨우 살아남은 사람은 안 되겠다 생각하고 기면서라도 이 자리를 빠져나가려고 했다. 그런데 땅에 떨어진 검들이 스멀스멀 다시 일어나는 것이었다.

마문도들은 이를 미처 보지 못했다. 곧 그들의 등 뒤로 검이 날아가 꽂혔다.

"이런 정신 나간……."

양유는 벌린 입을 다물지 못했다.

어검술을 저렇게 쓸 수가 있다니.

아무튼 이로써 명백해졌다. 이 둘은 말도 안 되는 초고수였다. 아무리 죽음을 두려워하지 않는 마도인이라 해도 개죽음이 명백한 상황에서도 용감하지는 않았다. 그들은 전의를 잃고 슬금슬금 물러났다.

"이 쓸모없는 것들! 비켜!"

사대마문의 마단으로도 상대가 안 되는 것을 보고 드디어 암흑마단이 나섰다. 암흑마단은 마문 부활 세력과 사대마문의 고수들로만 이루어진 마문의 정예 중 정예라 할 수 있었다. 그들은 모두 흑빛 갑주를 걸친데다 검자루도 까맣고, 옷도 까맣고, 물들일 수 있는 데는 다 검게 해놓았다.

　이 무슨 악취미인지 모르겠지만, 군막에 걸려 넘실대는 횃불만이 광원인 이 어두운 평야에서 그들의 모습은 제대로 보이지도 않았다.

　"놈들은 엄청난 고수다! 괜히 개인행동하지 말고 협력해서 잡도록!"

　"옛!"

　암흑마단원들은 진형을 갖추어 두 사람을 압박했다. 이들은 지금까지의 마문도들과는 달랐다. 접근하면 무조건 물러나며 거리를 벌리고, 그때 뒤에서는 끊임없이 암기를 뿌리고 쇠뇌를 쏘아댔다.

　양유는 장력을 발출해 저들의 열을 무너뜨리려 해보았지만, 초고수의 장력도 열 명의 고수가 힘을 합쳐 방비하니 어느덧 해소가 되었다.

　양유는 역용인에게 말했다.

"와, 애네들 장난 아니네?"

"초고수도 여기 갇히면 꼼짝없이 당하겠군."

이들은 초고수를 잡는 방법론을 제대로 알고 있었다. 결국 초고수가 무서운 것은 강력한 경력 무공과 뚫리지 않는 호신강기 때문인데, 암기를 계속 던져 방어를 유도하니 자연히 공격이 무뎌지게 된다. 초고수의 공격은 협력 수비로 최대한 막는다. 이를 계속하다 보면 결국 초고수도 지칠 수밖에 없다.

두 명의 초고수를 상대해야 하기 때문에 이렇게 포진이 넓지, 혼자라면 십대고수도 더 적은 인원으로 잡아낼 수 있을 것 같았다.

그러나 양유는 단순한 십대고수라고 할 수 없었다. 그는 혁세를 준비했다. 지금까지와는 비교도 할 수 없는 강력한 경력 무리가 암흑마단원들을 덮쳐 갔다.

"피, 피해라!"

혁세의 범위 내에 있는 암흑마단원들은 기세가 심상치 않음을 느끼고 막기보다는 벗어나는 데 주력했다. 그러나 이들은 초고수의 경력 무공을 막기 위해 이미 충분히 밀집하고 있었고, 양유가 이런 어이없는 초식을 쓴다는 것을 알지 못했기 때문에 단숨에 쓸려 나갔다.

"부상자는 뒤로 빼내고! 서둘러 충원하라! 죽기 싫으면 빨리!"

그러나 암흑마단주의 지휘에 따라 바로 행동하고 다시금 원래의 진형을 갖추는 데에는 양유도 혀를 내두를 수밖에 없었다.

"대단하다, 대단해."

그는 감명 받았음을 보이기 위해 연달아 혁세를 날렸다. 얼마나 복구가 빠른지 보기 위해서였다. 한 발, 두 발, 세 발까지는 끄떡없었다. 혁세의 위력을 알고 미리 피하기도 했거니와, 진형 밖에 남은 단원들이 꽤 있는지 누가 죽으면 그 숫자만큼 들어와 자리를 채우고, 또 누가 부상당하면 그를 후방으로 빼면서 다른 한 명이 와서 역할을 대신했기 때문이다.

하지만 계속해서 혁세를 난사하니 그러는 데도 한계가 있었다. 곧 단원 사이의 간격이 헐거워지며 간격 유지에도 어려움을 겪게 되었다.

양유는 뭔가 기분이 좋았다. 사람을 많이 죽여서 그런 건 아니고, 혁세가 진짜 정말 상쾌하게 나갔기 때문이다. 변형된 백위신공의 기운은 혁세를 마구 써도 끝없이 샘솟는 내공으로 보답하기만 했다. 퍼내고 퍼내도

바닥이 안 보인다. 양유는 자기 내력의 밑바닥이 어디인지 알아보기 위해 기계적으로 혁세를 계속 썼다.

어마어마한 양의 내공이 밖으로 분출되고 단전에서는 다시 차오르고, 그러한 과정이 수차례 반복되는 와중에 양유는 부족했던 한 개의 조각이 이때 갑자기 딱 맞아떨어진다는 느낌에 사로잡혔다.

이것은 각뇌의 작용이었다. 고도의 정신 활동이 반복적인 행동을 하는 중에 이루어졌다는 게 놀라웠다. 양유는 뭔가에 홀리기라도 한 듯 검을 휘둘렀다. 암흑마단원들은 혁세인 줄 알고 우르르 피했다.

쾅!

그러나 그들은 아무 피해가 없었고, 바닥에 처박힌 것은 양유였다. 현철검이 허공으로 떠올라 핑그르르 돌다가 땅에 꽂혔다.

"뭐야?"

괴물 같던 놈이 스스로 피해를 입고 쓰러지니 단원들은 수군거렸다. 처음에는 일부러 저러는 건가 싶어서 지켜만 보았다. 갑자기 저렇게 될 이유가 없는 것이다. 하지만 한참을 엎어져 있으니 단원들도 이상함을 느꼈다.

누군가가 시험 삼아 암기를 던졌다. 비수가 양유의 어깻죽지에 틀어박혔다. 그 모습을 본 암흑마단 단원들의 눈이 빛났다.

뭔진 모르겠지만, 어쨌든 무력화된 게 확실하다!

"족쳐!"

단원들이 양유에게로 달려들었다.

역용인은 진형의 다른 절반을 상대하고 있다가 그 모습을 보고 양유를 엄호하려 한달음에 달려왔다.

"놈들은 지쳤다! 모두 쳐!"

역용인을 감당하고 있던 쪽도 진형을 좁히며 다가들었다.

그는 양유를 발밑에 둔 채로 검을 앞으로 한 번, 뒤로 한 번 휘둘렀다. 경력 무리가 양쪽으로 넘실거리며 마문도들을 덮쳤다.

그가 뻗은 경력은 흑갑을 부수고, 그 안에 있는 살을 찢으며, 뼈를 부러뜨렸다.

쉭쉭쉭!

아무래도 안 되겠다 생각하고 암흑마단원들이 물러나면서 대신 암기가 날아왔다.

역용인은 검막을 쳐서 자신과 양유를 감쌌다.

"이거, 안 좋은데……."

짐 덩이가 생겨서 공세와 수세를 동시에 취할 수 없게 되었다. 그는 양유의 어깨에 박혀 있는 비수를 뽑았다. 피가 사방으로 튀었다.

양유가 쿨럭 피를 토하며 정신을 차렸다.

"이런…… 미친. 그걸 왜 뽑아!"

"죽는 것보다는 낫지 않나?"

역용인은 양유를 내버려 두고 다시 공격을 시작했다.

양유는 현철검 쪽으로 손을 뻗었다. 땅에 박혀 있던 검이 뽑혀 나와 양유의 손으로 들어왔다.

"으아아아아!"

피를 보자 양유는 이제 눈에 뵈는 게 없었다.

머리가 돌아버린 놈처럼 앞뒤도 안 가리고 펼쳐 대는 혁세난무!

마문도들은 덤빌 엄두를 못 내고 피하기 급급했다.

양유는 이런 식으로는 끝이 없겠다 판단, 도약하여 단원들 사이로 뛰어들었다.

"이런 젠장! 막아!"

암흑마단의 살풍대주 추용호는 대원들에게 욕을 퍼부으며 양유를 제지하라 명령했다. 그러나 이미 대형은 무너졌고, 초고수의 경력 무공을 감당해 낼 이는 없었다. 살풍대원들은 추풍낙엽처럼 떨어져 나갔다.

그 모습을 보는 추용호의 눈에서 불꽃이 튀었다. 그는 마문의 정통 후예로, 양친이 모두 마문도였다. 언젠가 그는 암흑마단 단주가 될 것이라고 많이들 이야기할 정도로 실력이 있었다.

추용호는 흑도를 풍차처럼 휘두르며 양유의 목을 동강 낼 기세로 다가왔다.

양유는 현철검을 들어 그와 몇 초를 겨루었다.

추용호는 몸집이 매우 커서 천생 신력에 내력까지 더해지니 이를 악물고 버틸 정도는 되었다.

양유는 그게 마음에 안 드는지 망나니 칼춤 추듯 미친 듯이 검을 내려쳤다.

추용호의 흑도가 순식간에 걸레짝이 되었다. 그의 손아귀는 어느새 찢어져서 피가 흐르고 있었다.

양유가 마지막 공격으로 그의 목숨을 취하려는 찰나.

"대주님, 피하십시오!"

대신 검을 맞는 것은 그의 부하들. 그들의 몸이 검에 찔리고, 그와 동시에 서서히 눈빛이 꺼져 가는 것을 추용호는 보았다.

"이이이이이이이이!"

그는 분노하여 자신의 잠력을 폭발시켰다.

자기 생명력을 깎아 먹으면서 순간적으로 엄청난 내공을 얻는 금단의 비술!

마문이 사악하다는 소리를 듣는 것은 이런 역천(逆天)의 무공을 많이 연마하기 때문에 그렇기도 했다.

추용호는 무기도 들지 않은 채로 양유를 공격했다. 분노로 눈이 뒤집힌 건가 싶은데, 그렇다고 보기엔 너무 선불 맞은 멧돼지 같아서 아무래도 이는 잠력을 끌어 쓰는 데 따른 부작용 같았다. 그는 이성을 잃고 막무가내로 달려들기만 했다.

양유는 뒤로 피하며 현철검을 휘둘렀다.

추용호의 한쪽 손목이 싹둑 잘려 나갔다. 그래도 그는 개의치 않고 계속 양유에게로 다가왔다.

반대편 손목마저 뎅정 날아가도 전의는 여전했다.

양유도 분노한 상태였지만, 이건 너무 미친 것 같아서 도리어 마음이 차분히 가라앉았다.

그 처절한 광경에 암흑마단원들은 분기에 사로잡혀 일제히 잠력을 폭발시키기 시작했다. 이쯤 되니 완연한 개싸움이었다. 진형이고 대열이고, 다 무너진 채로 양유와 역용인, 두 사람을 막기 위한 절규와 몸부림만 있을 뿐이었다.

잠력을 끌어 올려 힘이 세진 것보다는 정신을 놓아 고통이나 죽음에 대한 두려움이 없어졌다는 게 더 까다로웠다. 혁세를 일으키니 마문도들은 뼈와 살이 분리되고 피 보라를 뿜으며 나가떨어졌다.

그런데도 고깃덩이가 돼서도 결국 양유에게까지 도달하는 사람이 있고, 뒤쪽에서도 이성을 상실한 채 강력한 의지만으로 마구 달라붙었다.

경력 폭주를 일으켜 떼어내려 해도 손톱자국이라도 하나 더 남기고 죽으려 하는데, 사정이 이렇다 보니 상처가 하나둘 생겼다. 그러나 이들은 일개 마졸이 아니라 다 고수들이었다. 이런 식으로 소모될 전력이 아니었다.

대주급쯤 되는 마문 고수들은 그런 생각에 피눈물이 날 것 같았다. 여기서 만약 살아남는다 해도 이런 식이면 자신들이 생존을 보장 받을 수 있을까?

마태자가 내릴 벌을 생각하니, 몸이 덜덜 떨려왔다. 그들은 죽기를 각오하고 덤벼들었다. 처음으로 움직인 사람은 산동혈검(山?血劍) 홍지만이었다.

그는 산동 지방에서 여러 차례의 혈겁을 일으켜 이런 별호를 얻었다. 그가 혈사를 벌인 이유는 황당하기 그지없었다. 그는 산동 악씨세가의 여식에게 반해 청혼했는데, 돌아온 대답은 냉정했다.

"못생겨서 싫어요."

그리하여 분노한 그는 학살을 자행했다. 한 가지 웃긴 점은 악씨세가와 관련된 사람들은 한 명도 건드리지 않았다는 것이다. 그는 사랑하는 사람의 마음을 아프게 하고 싶지 않아서 그랬다고 하지만, 산동에서 악씨 가문에 찍히면 뼈도 못 추리기 때문에 악가 사람을 만날 때만은 분노를 가라앉힌 것이라 세인들은 보고 있었다.

양유는 홍지만의 검에 위병참으로 응수했다.

홍지만은 침착하게 막으면서 몇 합을 버텼지만, 이내 밑천을 드러냈다.

그가 외쳤다.

"합격(合擊)하자!"

다른 마두들도 그의 뜻에 동참했다.

다음으로 가세한 사람은 이두엽이었다.

살이 엄청 쪘는데 항상 웃는 낯이라 남들은 그를 소
돈(笑豚)이라고 불렀다. 그가 언제나 웃는 것은 다른
표정을 지을 줄 몰라서였다. 그의 말로는 어릴 때 머리
를 다쳐서 그렇다고 하는데, 그래서 이두엽은 평상시에
는 대인 관계가 좋았다. 웃는 얼굴에 침을 뱉기는 힘들
기 때문이었다.

그러나 그는 그런 얼굴로 사람을 죽이고, 부녀자를
강간하고, 강도질을 하고 다녔다. 또한 이상한 소문도
함께 돌았다. 그가 그렇게 살이 찐 것은 식인을 하기
때문이라는 거였다.

이두엽은 이를 긍정하지는 않았지만 굳이 부인하지도
않았다. 이런 끔찍한 얘기가 도는데다 항상 웃어도 속
에는 독심이 가득하기에 사람들은 그를 무시하지 못했
다.

소돈과 거의 동시에 나선 것은 옥면음마(玉面淫魔)
이철.

그는 마문에 들기 전에는 신의마문에 있었고, 위의
두 사람과는 달리 매우 악인은 아니었다. 그는 원래 정
파의 고수를 꿈꾸며 자랐기에 철이 들어서는 화산파로
들어가 정식 제자가 되었다. 이철의 자질은 뛰어나 그

대(代)에서 최고로 꼽혔다. 그는 무공에만 재능이 있는 게 아니라 얼굴도 잘생겨서 여제자들의 인기를 독차지했다. 결국 그와 맺어진 것은 장문인의 딸 옥수현이었다. 달 밝은 날 매화 향기가 아득한 바로 그 밤에 그와 그녀는 미래를 약속하며 남몰래 합방을 했다.

여기까지만 보면 아름다운 이야기인데, 문제는 이 일을 장문인이 눈치챘다는 거였다. 장문인의 추궁에 옥수현은 울음을 터뜨리며 말했다.

"저, 저 음적이 강제로 저를……."

그날로 이철은 옥에 갇혀 파문당할 날만 기다리는 신세가 되었다. 대부분의 문파에서 파문 절차는 매우 간단하다. 단전을 부수어 내공을 폐하고, 근맥을 잘라 반병신으로 만들고 내보내 준다. 그렇게 되느니 죽는 게 낫기 때문에 이철은 탈주하여 마도로 들어갔다.

결국 그는 원하던 정파 고수가 아니라 마두가 되고 말았다. 아무리 착하게 살아도 자파 장문인의 딸을 겁탈했다는 누명을 썼기 때문에 그는 옥면음마라는 오명을 벗지 못했다. 그래도 그 때문에 마도에서는 인기가 높았다.

양유는 홍지만을 몇 대 두들기다가 두 사람이 다가오는 것을 보고는 그쪽으로 혁세를 날렸다. 이두엽은 얼른 이철의 뒤로 숨었고, 이철은 그 모든 경력 무리를 혼자 다 받았다.

"어, 어어……."

젖 먹던 힘까지 다 짜내 호신강기를 펼쳤지만, 그는 거의 너덜너덜해졌다. 그의 이마에 양유가 지풍을 쏘았다. 이철은 억! 하고 죽었다.

소돈은 자신이 잘못 생각했음을 깨달았다. 호신강기를 최대로 끌어 올린 상태에서 이철을 방패막이로 쓰기까지 했는데, 그를 휩쓸고 남은 경력에만 맞았는데도 너무 고통스럽다.

역시 지금 죽는 것보다는 나중에 죽는 게 낫다.

소돈은 등을 돌려 달아났다. 그러나 조금 늦었다. 이철을 죽이고 다가온 양유가 그의 등에 칼을 꽂았다.

화끈거리는 통증! 그러나 소돈은 전혀 반격하고 싶은 생각이 들지 않았다. 헤헤, 웃는 얼굴로 내빼는 모습은 가관이었다. 양유는 다음번에는 그의 머리통을 노렸다. 소돈이 픽 쓰러졌다.

이렇게 되자 가장 황당한 것은 홍지만이었다. 왜 자기 혼자서 저런 놈을 상대해야 하는지……

그러나 양유가 다시 와서 검을 휘두르자 그런 불평을 할 시간도 없었다. 정신없이 양유의 공세에 맞서다 보니 결국 치명적인 일검을 허용하고 말 수밖에 없었다.

"컥……."

세 명의 고수를 손쉽게 처리한 양유는 주위를 살폈다. 상황은 거의 정리되고 있었다. 역용인이 암흑마단주를 골로 보내는 중이었다. 둘의 합작으로 암흑마단은 사실상 해체됐다고 봐도 될 만큼 남은 단원이 거의 없었다.

현마단이나 광마단, 신마단 등도 대대적인 인원 보충이 필요해 보일 정도로 사실상 궤멸 상태였다. 그 이하 마졸들은 이미 전의를 상실했다.

그때!

"이노옴!!"

대노한 사자후가 장내를 가득 메웠다.

그와 함께 등장한 것은 두 명의 노인이었다.

역용인의 눈이 빛났다. 그는 양유에게 전음을 보냈다.

―작은 쪽은 내가 상대한다.

―그러든지.

한 명은 키가 작고, 다른 한 명은 보통 크기였다. 둘
다 주름이 자글자글하고 얼굴에는 검버섯이 폈다. 그러
나 늙었다고 무시할 수는 없는 게, 몸에서 흘러나오는
기도가 보통이 아니었다. 방금 펼친 사자후만 봐도 그
랬다. 보통 내공으로는 이런 드넓은 곳에서 소리쳐 봐
야 남들에게 들리기는커녕 자기 목만 아팠다.

보통 키의 노인이 두 사람에게 말했다.

"대체 뭐하는 놈들이냐!"

양유가 대답했다.

"남이 누군지 궁금하면 먼저 자기가 누구인가부터 밝
혀야 하는 것 아니겠소, 노인장?"

보통 키의 노인은 상당히 어이없어 했다.

새파랗게 젊은 놈에게 이런 대우를 받을 줄이야.

그러나 양유는 그냥 젊은 게 아니라 젊으면서 초고수
였다.

보통 키의 노인도 무림은 힘의 논리가 지배하지 장유
유서 찾아봐야 별 소용없다는 것을 잘 알고 있었다.

"우리는 마태상이다."

이는 마태자를 지근거리에서 보위하는 마문의 최고 수뇌부였다. 태상 회의를 통해 결정된 사항은 마태자도 쉽게 거부하지 못했다.

그는 자신을 적마태상(赤魔太上) 조훈이라고 소개했다. 작은 쪽은 청마태상(靑魔太上)이라고 했다.

"자, 이제 말해라. 너는 누구냐?"

"그걸 알아서 뭐하나? 어차피 죽고 죽일 사이인데, 통성명을 해서 무엇할까."

"이, 이게……."

조훈은 부들부들 떨었다.

적마태상 조훈. 그는 마도에서 거의 신화적인 존재였다. 정파무림은 스승이 제자에게 무공을 전수해 주고, 제자는 다시 후대에 그 무공을 넘겨 그 존재를 꾸준히 유지시키는 것이 일반적이다. 사제 제도가 확실하게 정립되어 있어 그들에게 무공은 그들 자신만의 것이 아니었다. 때문에 거대 문파에 들고 거기서 자기 능력만 확실히 입증한다면 '이론상'으로는 최상승의 무공을 배울 수 있었다.

그러나 마도에서의 무공은 온전히 소유자 그 자신의 것이다. 어지간해서는 싸 들고 있다가 무덤에까지 가지고 가는 것이 일반적이다. 자기 무공을 누군가에게 준다는 건 동시에 자신의 약점을 노출한다는 뜻이기도 했다.

그만큼 마도인들은 제자도 못 믿어 후인을 두지 않았다. 그렇게 사라진 무공들을 서책으로 옮기면 아마 산을 이룰 것이다. 그는 그런 마도의 토양에서 누구의 도움도 없이 홀로 초고수의 자리까지 올라섰다.

그렇게 명성을 쌓은 조훈은 마문에 투신하여 마문의 첫 번째 발호 때, 수많은 정파인을 도륙하며 자신의 이름을 전 무림에 알렸다. 그의 성명절기는 혈마장으로, 거기에 격중당하면 심맥에 타격을 입어 당장은 안 죽어도 결국 병석에서 죽게 되는, 무서운 장공이었다.

거기에 당한 정파 고수만 해도 소림 십팔나한 중 셋에, 무려 삼십삼존인 점창 장문인까지.

그러나 마문이 결국 패하고 물러난 뒤로는 행방이 묘연했었다. 그런 그가 마문의 재발호와 함께 다시금 무림에 나타난 것이다.

조훈은 겨우 화를 가라앉힌 듯했다.

"하기는, 잡아놓고 물어보면 될 일이지."

적마태상은 양유를, 청마태상은 역용인을 상대하는

구도가 만들어졌다.

조훈의 손이 빨갛게 물들었다. 그가 자랑하는 혈마장의 기운을 끌어 올린 것이다.

찰칵!

쉭!

"음……."

조훈은 자기 목에 손을 대었다. 손이 붉다. 이건 혈마장 때문이 아니었다. 뜨겁고 비릿한 냄새가 났기 때문이다.

"뭐, 뭐지, 이건……?"

"섬전단수."

"엄청난…… 쾌검이군……."

조훈은 허물어지듯 앞으로 넘어졌다. 그는 다시 일어나지 못했다.

"음, 왠지 검이 손에 잘 붙는군."

방금은 평생 쾌검수로 살았던 이규진보다도 더 빨랐을 것 같다. 양유는 청마태상과 역용인은 어떻게 되고 있나 보았다.

둘은 무난하게 싸우고 있었다. 어느 한쪽이 밀리는 것 같지도 않고, 주거니 받거니 하는 공방. 그러나 역용인은 약간 미소를 띠고 있는 반면, 청마태상은 어딘가 모르게 굳어 있었다. 그의 얼굴은 점차로 심각해져 갔다.

역용인이 말했다.

"굳이 말을 해야 알겠나?"

"헉……."

청마태상은 검을 내리고 그 자리에 우뚝 멈춰 섰다.

"역시……. 어쩐지 이상하다고 생각했습니다."

"내가 전에 확실히 말했던 걸로 기억하는데? 무림을 떠나라는 내 말이 그렇게 우스웠나, 아니면 다 늙어서 겁대가리를 상실한 건가?"

"아니, 아닙니다……."

청마태상은 부복했다.

"죽여주십시오!"

"일어나. 노구를 그렇게 막 굴리면 쓰나."

청마태상은 역용인이 말하는 대로 따랐다. 그는 무척 비굴한 태도로 역용인을 대했다. 마태상의 위엄은 온데간데없었다.

"제가 어떻게 하면 좋겠습니까?"

"어떻게 하긴, 떨거지들 데리고 꺼져. 이걸 그냥 확

죽여 버릴까 해도…… 한 번 살린 목숨, 관짝에 흙 뿌릴 때까지는 책임져야겠다는 생각이 드네. 그리고 환, 나는 자네가 그나마 괜찮은 사람이었다고 생각해. 모두가 그녀를 죽이려 할 때, 자네 혼자 막으려 하지 않았던가. 이대로 황천으로 보내기는 좀 그렇지.”

별로 감동적인 말을 한 것도 아닌데 청마태상은 눈물을 줄줄 흘렸다.

역용인은 양유를 보았다. 이만 가자는 눈짓이었다.

마문도들은 두 사람이 지나가자 길을 내주었다. 평야는 시뻘겋게 물들었고, 마문도들의 시체가 산을 이루고 있었다. 그런데도 역용인은 별로 다친 데가 없고, 양유도 암기에 한 방 당한 것 말고는 큰 상처가 없었다.

이런 압도적 초고수를 그럼 보내줘야지 어쩌겠는가.

이미 지휘관급은 다 죽었고, 마태상도 한 명 죽었다.

마문도들은 두 사람이 가던 길 계속 가기를 속으로 바랐다.

마문 주둔지를 뒤로하면서 양유가 물었다.

“당신, 마문에 무슨 원한이라도 있던 건가? 전에 마태상을 살려준 적이 있다니?”

역용인은 그 반대라고 했다. 그가 물었다.

"너 꿩천마라고 아나?"

"알기야 하지. 마문 첫 중원 진출 당시의 수장. 듣기로는 엄청 나쁜 놈이라고 하던데?"

"내가 꿩천마다."

갑작스러운 고백에 양유는 어리둥절해했다. 엄청 진지한 얼굴이라 농담하는 것 같지는 않았다.

그래도 꿩천마라니…….

"엥, 정말?"

역용인은 역용을 풀었다. 그의 본래 얼굴이 드러났다. 강인해 보이는 인상의 중년인. 눈빛이 매우 강렬해서 이전에 하고 다니던 얼굴하고는 완전 딴판이었다.

양유는 의문을 제기했다.

"너무 젊은 거 아닌가? 여기서 오십 년은 더 먹어야 할 것 같은데……."

"글쎄, 늙고 싶어도 안 늙더군."

"꿩천마가 왜 자기 부하들을 죽이지?"

"마문과 연을 끊은 지 반백 년. 충분히 무관해질 시간 아닌가?"

"음……."

그가 왜 이런 얘기를 하는지 모르겠다. 본래 얼굴을

보여준다 해도 양유는 굉천마가 무림을 종횡할 시절엔 세상에 존재하지도 않아서 봐도 모른다. 그래도 그가 거짓을 말하는 것 같지는 않은 것이, 역용인이 굉천마라면 많은 의문이 단번에 해소가 되기는 했다.

그는 왜 이렇게 말도 안 되게 강한가.

그건 그가 전대의 천하제일인, 굉천마이기 때문이다.

그가 대체 누구기에 그런 무공을 만들어낼 수 있던 것인가.

천하제일인이었으니 당연히 무학에 대한 이해도도 천하에서 제일갈 수가 있었다.

양유는 굉천마에게 다시 물었다.

"갑자기 마문을 떠난 이유는 뭐지?"

"부하들이 무림 일통에 방해가 된다고 내 여자를 죽였거든. 대의를 생각하라고 읍소하는데, 그때 느꼈지. 대의란 과연 무엇인가. 그게 정말 중요한가."

무림사의 가장 큰 불가사의가 밝혀지는 순간이었다. 진실은 무척 단순하고 허무하기까지 했다.

"상관세가를 돕는 이유는?"

굉천마는 오늘 작정하고 다 말하려는 듯했다.

양유도 그걸 느껴서 궁금한 것은 다 물었다.

"그녀의 친정이 상관가였으니까."

"음……."

무림 역사상 가장 강력했던 공포의 화신이 사랑에 죽고 사랑에 사는, 이런 낭만가(浪漫家)일 줄이야. 사실 그는 아주 삐딱해 보이기는 해도 마두 같은 느낌은 없었다. 상황이 그를 굉천마로 만들었을 수도. 원래 그의 본질은 그 자리를 별로 원하지 않았을지도 모른다.

"그러면 가장 궁금한 거. 나는 뭐기에 당신 일에 끼어들게 된 거지?"

"그건 우연히 그렇게 된 것이다. 남연당 앞에서 마주치지 않았더라면 우리의 인연은 없었을 수도 있지."

"그냥 인연이 되니까 무공을 전수하고, 자기가 굉천마라는 것도 밝히고…… 그런다는 건가?"

양유는 납득이 안 된다는 얼굴이었다.

굉천마는 담담하게 대답할 뿐이었다.

"다 알게 될 거다."

34장 양유 대 굉천마

양유는 상관가로 돌아와서 똑같은 생활을 했다. 그와 굉천마가 가를 구했으나 이를 알아주는 이는 없었다.

상관가는 굉천마의 손이라도 빌려야 할 처지이기는 했어도 그 사실을 대놓고 드러낼 수가 없었다. 그랬다가는 마문에 치이는 것으로도 모자라서 정파무림의 공적이 될지 몰랐다.

가주는 감사를 표하면서도 이 사실을 절대 발설하지 말아야 함을 강조했다. 굉천마 또한 자기 업적을 위해 한 일이 아니었고, 양유도 마찬가지라 결국 그들이 한 일은 가의 몇 사람 말고는 아무도 모르는 일이 되고 말았다.

"그래도 내가 알잖아?"

상관소혜는 양유의 등 뒤로 파고들며 말했다. 그녀는 일단 자기 감정을 드러내고 난 뒤부터는 적극적인 애정 공세를 펴는 쪽으로 전략을 세운 것 같았다. 그 방식은 효과가 있었다.

양유는 아무에게나, 그 누구더라도 아무렇게나 대할 수 있는 사람이지만, 자기 좋다는 이에게는 그러기가 어려웠다. 아마 어린 시절 애정 결핍을 겪은 게 그 원인이 아닐까 싶은데…….

또한 그녀는 양유가 자신을 위해 목숨을 내걸고 마문과 싸운 것이라 착각하고 있었다.

이를 어쩌면 좋을지…….

"그래서 앞으로 어떡할 거야?"

양유는 잘 모르겠다고 했다. 상관소혜 개인에게는 양유가 다시 세가로 돌아오고 그가 상관세가를 위협하는 마문 세력을 물리친 것으로 이미 어떤 종지부가 찍힌 것이었다. 그녀에게 남은 것은 앞으로 양유가 어떤 선택을 할 것인가밖에는 없었다.

그러나 양유로서는 아직 아무것도 끝난 게 없었다. 그는 별당에서 가만히 광살마의 연락을 기다렸다.

며칠 뒤 아침, 눈을 뜨자 코앞에 광억이 있었다.

그가 말했다.

"무척 오랜만이군."

요새는 왜 이리 불청객들이 많은지. 그러나 그런 사소한 생각은 금세 저편으로 날아갔다. 양유는 스승의 얼굴을 보자 격정에 사로잡혔다.

"나, 나한테 왜 그런 거예요?"

양유는 광억에게 묻고 싶던 말을 한 번에 쏟아냈다. 이미 스승이 자신을 그저 도구로만 본다는 것은 알고 있었다. 제자의 무공을 향상시키기 위해서 스승은 그 어떤 짓이라도 할 수 있었다. 그로 인해 제자의 마음이 조각난다 하더라도 광억은 눈도 끔쩍하지 않았다. 오히려 그는 이를 자신이 제자에게 베푼 데 대한 당연한 권리라고 여겼다.

양유는 거기까지는 알고 있었다. 그러나 그 후의 일, 스승은 자신을 통제하기 위해 사술을 사용했고, 전혀 무관한 고와를 해하기까지 했다.

그런 짓을 하면서까지 대체 그가 바라보는 것은 무엇인가.

양유는 그에 대한 답을 원했다.

광억이 말했다.

"그걸 너하고 굳이 여기서 군더더기 가득한 구구절절한 말로 입씨름하면서 가뜩이나 안 좋은 감정 더 상하게 할 수도 있겠지. 좋은 생각이다. 그런데 그냥 깔끔하게 나하고 같이 가서 결말이 어떻게 나는지를 확인하는 게 더 낫지 않을까?"

양유는 광억을 한참 노려보다 말했다.

"가죠."

광억은 양유를 가주의 집무실이 있는 전각으로 데려갔다. 원래 왕래가 적은 곳은 맞지만, 오늘따라 이상할 정도로 썰렁했다.

전각 안으로 들어가도 사람은 없었다.

"내려간다."

광억과 함께 지하로 내려가니 커다란 연무장이 나왔다. 아무래도 가주 전용의 장소인 것 같았다.

거기에는 익숙한 얼굴들이 모여 있었다.

상관호, 상관소혜, 진하성, 구철, 이달헌 등. 양유가 모르는 사람들도 있었다. 중년 여인과 어린아이들, 그 외에도 처음 보는 나이 든 사람들. 또한 기괴하게 생긴

자들도 여럿 있었다. 광살마는 저리 가라 할 정도로 개성적인 외모의 남자, 그보다는 좀 낮게 생긴 인간.

그러나 정도의 차이일 뿐이지, 이상하게 생긴 사람들은 다 이상했다. 이건 미추의 영역이 아니라 진짜 어딘가 문제 있어 보였다. 광살마나 구철은 당연히 그렇고, 이를테면 상관호의 뒤에서 그의 목을 잡고 있는 사람.

그의 손은 정말 말 그대로 솥뚜껑만 했는데, 그에 반해 몸집은 그리 크지 않았다. 인체 비례가 안 맞는 것이다.

그러고 보니 비정상적인 사람들이 하나씩 정상적인 사람들을 붙잡고 있는 모양새였다. 가주뿐 아니라 상관소혜나 진하성 등도 다 그들에게 잡힌 채로 믿을 수 없다는 표정을 짓고 있었다.

"양유!"

그를 본 상관소혜가 외쳤다.

양유가 물었다.

"여기서 뭐하고 있는 거야?"

대답은 상관호가 했다.

"저 노인이 우리를 인질로 잡았다."

세가의 한복판에서 어떻게 이런 일이 일어날 수 있을까?

그러나 광억과 저 괴인들이라면 충분히 가능할 것 같았다. 스승은 양유조차도 채 파악하지 못한 초고수이고, 구철과 이달헌 또한 어디 가서 맞고 다닐 사람들이 아니었다. 다른 괴인들도 그 정도가 된다면, 이들은 세가 하나쯤은 코웃음 치며 밀어버릴 수 있는 무력 집단이라고 할 수 있었다.

"양유! 구해줘!"

상관소혜가 몸부림치며 괴인의 손아귀에서 빠져나오려고 했으나 무공도 모르는 그녀가 가능할 리 없었다.

상관호는 차분히 그녀를 말렸다.

"혜야, 그만해라. 그런다고 해결될 일이 아니다."

광억은 가만히 있다가 상관호가 그러는 것을 보고 입을 열었다.

"가주가 상황 판단 능력은 있군. 나는 상관가에는 아무런 감정이 없다. 내가 무엇 때문에 당신들을 해하겠나? 일이 끝날 때까지 방해 않고 있으면 무사히 풀려날 것이다."

그러고는 양유에게로 시선을 돌렸다.

"일단 좀 시간이 있군. 제자야, 내가 이러는 이유가 궁금하느냐?"

양유는 대답하지 않았다. 그러나 알고 싶지 않다면 거짓말이다.

"안 궁금해도 말할 것이니 들어라. 나는 천재다."

스승이 천재라는 데는 그를 아는 사람이라면 아무도 이견이 없을 것이다. 그러나 갑자기 이런 말을 하니 좀 새삼스럽고 세가 쪽에서는 저 노인이 이런 짓을 저질러 놓고 결국 한다는 게 지 자랑인가 하며 어이없어 했다.

"다시 말하지만, 나는 천재다. 나는 내가 천재라는 것을 알았다. 나는 못하는 것이 없었다. 내가 천재가 아니라면 세상의 그 누가 천재라 불릴 수 있겠는가. 나는 젊은 시절부터 나 자신을 그렇게 평가했다. 오만한 가? 오만이란 자기 자신에 대한 과대평가로부터 시작한 다. 나는 내 능력의 정도를 정확히 인지하고 있었다."

광억은 계속 말했다. 그는 자신이 그렇게 판단하게 된 과정을 간략히 설명했다. 말하는 게 다 사실이라면, 그는 정말 천재가 맞았다.

그의 말에 따르면, 광억은 태어나 젖을 뗄 무렵부터 세상을 인지했고, 세 살도 되기 전에 글공부를 시작했 다. 어린 나이에 유림(儒林)에 들어갔고, 약관이 되기 도 전에 더 배울 것이 없음을 선언하고 다른 방면으로 눈을 돌렸다. 그 후 그는 중원의 온갖 잡학을 섭렵했다고 했다. 지식에 대한 순수한 열망. 오로지 탐독! 탐독!

상관소혜가 물었다.

"그렇게 살면 재미없지 않아요?"

"내가 할 수 있고, 또 잘할 수 있는데 하지 않을 이유가 무엇인가. 온갖 쓸데없는 학문까지 다 터득하다가 결국 나는 무학의 길로 접어들었다. 처음에는 무학을 경시하는 마음이 있었지. 하지만 곧 내 생각이 잘못되었음을 알게 되었다. 무학은 방법만 다를 뿐이지, 그 역시 학문의 한 갈래였다. 유학은 앉아서 천 리 밖을 내다본다. 어떤 상황에서도 동일하게 적용되는 불변의 진리를 논한다. 그러나 무학은 그렇지 않지. 사람마다 몸이 다르고, 경맥이 다르기 때문에 언제나 적용되는 법칙이라는 건 없다. 경험과 개별 사례가 꼭 필요하지. 나는 거기에 매력을 느꼈다. 그리고 오 년 뒤에 나는 남들이 초고수라 칭하는 경지에 올랐다."

"뭣?"

그를 잘 모르는 사람들은 다 놀랐다. 성년이 되기도 전에 유학을 다 뗐다는 말에는 심드렁하던 사람들이 오 년 초고수설에는 경악을 금치 못했다. 누군가가 소리쳤다.

"그게 말이 돼?"

"안 될 이유가 있나? 초고수가 되는 방법은 간단하다. 경력 무공에 대한 이해, 그리고 내공. 둘만 있으면 누구나 될 수 있다."

"음……."

말은 맞는 말인데, 그게 쉬우면 주변 사람들 다 초고수지 천하에 고작 한 줌만 존재하겠는가.

초고수가 아닌 사람들의 싸한 눈빛을 무시하며 광억은 말을 이었다.

"오 년 동안은 재밌었지. 그러나 곧 시시해졌다. 무림인들이 그렇게 바라 마지않는 경지가 겨우 오 년이라니. 여기도 나를 받아들일 토양이 못 된단 말인가. 그러나 그런 생각은 굉천마를 만나면서 깨졌다."

굉천마!

사람들은 숨을 죽였다.

양유는 광억의 입만 주시했다.

"그는 나를 가볍게 꺾으면서 한마디 하더군. 꽤 강하지만 내공이 정순하지 못해 한계가 있을 것이라고. 그의 말대로였다. 나는 출발이 늦었기에 속성의 내공을 찾아 연마했고, 초고수에는 쉽게 이르렀지만 그 후가 문제였다. 사실 여기부터가 진정한 시작인데, 나는 그걸 몰랐다. 경력 무공은 극도의 섬세함을 요구한다. 그러나 내 내공은 상승 무공과는 맞지 않았다."

광억이 한참 말을 이어가는데 누가 연무장 안으로 들어왔다.

그는 백호조 조원인 종명. 얼른 다가와서 가주에게 보고했다.

"꿩, 꿩천마에게 말씀을 전했습니다."

"뭐라고 하던가?"

"아무 말이 없었습니다."

가주는 광억에게 말했다.

"내가 말했지 않소? 우리는 꿩천마에게 아무런 의미가 없소이다. 그런데 우리를 붙잡고 있어 뭐한단 말이오? 이만 놓아주시오."

"흠, 일단 할 말이 끝날 때까지는 기다려 보지. 내가 어디까지 말했던가?"

양유가 대답했다.

"상승 무공."

"그래, 상승 무공. 그날 이후 나는 목표를 꿩천마 꺾기로 정했다. 나는 내 저주 받을 내공의 한계를 극복하기 위해 갖은 노력을 기울였다. 어느 정도 성과도 있었지. 하지만 다시 만난 굉천마는 더 높은 경지에서 나를 기다리고 있었다. 비무가 내 패배로 끝난 뒤, 그는 같은 말을 했다. 기술은 좋으나 내공이 발목을 잡아 더 올라오지 못한다. 노력은 가상하다."

당시를 회상하는 광억은 그때 일에 대해 지금도 변함없는 굴욕감을 느끼는 것 같았다. 광억의 얼굴에는 숨길 수 없는 감정의 곡선이 잔뜩 파여 있었다.

"나는 굉천마에게 이기는 것을 포기했다. 적어도 내가 그와 싸워 승부하는 방식으로는. 어차피 중요한 것은 검을 더 잘 쓰고 경력을 잘 쓰고 하는, 단순한 게 아니었다. 내가 무학으로 그보다 낫다는 것만 증명하면 되는 것 아닌가. 그래서 나는 무공 수련을 포기하고 오로지 무학에만 몰두했다. 그로부터 수십 년이 흘렀다. 굉천마는 실종되었으나 나는 계속 같은 작업을 했다. 그런 끝에 가장 정순한 내공과 가장 강력한 경력 무공을 만들어냈다."

그다음부터는 들을 것도 없었다. 무공이 준비되었으니 이제 그것을 익힐 사람이 필요했다. 그는 군유현 등 여러 시도 끝에 가장 완벽한 제자 교육법을 만들어냈다. 그리고 그 대상은 바로 양유! 광억은 양유에게 아낌없이 투자했고, 결국 어마어마한 고수를 만들어냈다.

그 모든 것을 들은 양유는 무슨 말을 해야 할지 몰랐다. 그는 스승에게 어떤 비극적인 사건이 있어 그것의 해결을 위해 자기가 이용당하는 것이기를 차라리 바랐다. 스승에게 일어난 일이 비극적일수록 그나마 그를 약간이라도 더 이해할 수 있을 것 같은데, 고작해야 이런 이유라니?

양유는 절규하듯 외쳤다.

"그러니까, 이 모든 것이 그 알량한 자존심을 충족시키기 위한 목적, 그거 하나 때문이라는 겁니까?"

광억은 냉소했다.

"누군가에게는 매우 사소한 것이 다른 사람에게는 그 무엇보다 큰일이 될 수 있다. 제깟 놈이 뭐가 그렇게 잘나서 훈계를 하지? 잘못 익힌 내공만 아니었어도 무림에 굉천마 신화는 없었다. 나는 그것을 증명하기 위해 평생을 살았다."

"하……."

양유는 말을 잇지 못했다.

광억은 그런 양유는 거들떠보지도 않고 이제는 상관

호와 대화를 했다.

"너무 오래 기다렸어. 최대한 사정을 봐주려고 했지만, 더 이상은 무리다."

"아니, 그건 안 될 말이오!"

광억은 괴인들에게 얼른 데리고 나가라고 명했다.

상관호는 안 된다며 항변했다.

드러난 공간에서는 비밀이 새어 나갈 위험이 크고, 세가가 꾕천마에게 도움을 구해 환난으로부터 벗어났다는 사실이 알려진다면 상관가는 그날로 끝장이라는 점, 꾕천마의 정체를 잘 숨긴다 해도 세가 수뇌부가 너무나도 무력하게 당한 모습을 가솔들에게 보인다면 그것 역시 큰 타격이라는 점.

무엇보다 가장 중요한 것은 어차피 안 나타날 꾕천마라면 이렇게 해도 소용없으리라는 점. 이상의 이유로 나가서는 안 되고 그럴 필요도 없으니, 제발 이 연무장 안에서 조용히 해결하자는 것이었다.

광억이 대답했다.

"일단 그건 내 알 바가 아니고. 꾕천마는 당신들에게는 무관심하나 당신 동생을 신경 쓰지. 당신 동생은 당연히 가족을 생각하지 않겠어? 몇 명 죽이면 오지 않고는 못 배길 것이다."

그가 명하니 괴인들이 상관가 사람들을 강제로 끌고 갔다. 다들 이거 놓으라고 몸부림을 쳤지만, 무공이 봉인되어 있는지 저항이 변변찮았다. 그때, 저벅저벅 발소리가 나며 누가 지하로 내려왔다.

그는 굉천마였다.

굉천마를 보고 상관호의 얼굴이 활짝 피었다.

이 사람을 보고 이렇게 반가워할 사람이 천하에 몇이나 될까?

굉천마는 연무장으로 들어와서 뭇사람들의 얼굴을 살폈다. 그는 곧 광억을 발견했다.

"역시 당신이군."

굉천마는 한숨을 내쉬었다. 그는 이해할 수 없는 것 같았다.

광억이 물었다.

"나를 기억하나?"

"나한테 두 번 도전해서 둘 다 살아남은 사람이라면 기억에 남을 수밖에 없지. 그런데 그게 이렇게까지 할 일인가?"

이 자리에 있는 사람들 모두의 생각이었다.

광억, 그가 그렇게 천재고, 굉천마로 인해 좌절 비슷한 것을 겪은 건 알겠는데, 그런 걸 가지고 복수심을 불태운다는 게 말이 되나?

　그러나 광억은 개의치 않았다.

　"천하가 날 비웃어도 나만 옳다 생각하면 그뿐이다. 내 행동을 이해하든 말든 상관없다. 자, 이제 판이 갖춰졌으니 시작하자."

　광억은 양유과 굉천마에게 말했다.

　"둘이 진심으로 붙어라. 양유, 이것이 내가 너에게 마지막으로 바라는 것이다. 굉천마를 꺾으면 넌 자유다."

　굉천마가 질문했다.

　"비무만 하면 된단 말인가?"

　"그렇다."

　"그럼 하지 않을 이유가 없군. 정신 나간 장난에 한 번 놀아주는 걸로 끝을 내겠다니. 난 끼지."

　그는 양유를 보았다.

　양유는 어차피 거부할 수도 없었다.

　"여기서 싸우란 말인가?"

　광억이 눈짓하자 괴인들은 인질들을 끌고 벽 쪽으로 붙었다. 순식간에 무척 넓은 자리가 만들어졌다.

양유와 굉천마는 마주 보고 섰다. 이 상황에서도 굉천마의 얼굴에는 웃음기가 있었다.

"언젠가 한 번 제대로 붙어보는 날이 있겠다 싶었는데, 그게 오늘일 줄은 몰랐군."

"어차피 시간이 승패를 결정지어 줬을 텐데, 괜히 검을 써야 한다는 게 아깝네."

양유는 현철검을 꺼내 들었다.

굉천마는 어디 길거리에서 주워 온 것 같은 검을 들었다.

둘 사이의 분위기는 나쁘지 않았다. 아무 원한이 없고 마문과 싸울 때는 서로에게 등을 내주던 사이 아니었는가. 그러나 공격은 살벌했다.

양유는 처음부터 경력 무공을 사용했다. 어차피 굉천마는 자신보다 한 수 위라 인정하고 들어가기 때문에 간 보면서 깔짝거릴 생각이 없었다. 폭주한 경력이 검 끝에서 사방으로 갈라졌다. 양유는 요혈과 급소만 노리며 굉천마를 압박해 갔다.

그러나 굉천마는 여유만만, 무난히 흘리다 마음먹은 때에 공세로 전환하니 양유가 점차 밀렸다.

양유는 사력을 다해 검을 휘둘렀다. 그도 무인이기

때문에 질 생각은 전혀 없었다. 검이 허공을 가를 때마다 경력 때문에 귀곡성 비슷한 소리가 나며 연무장 바닥이 갈라지면서 돌먼지가 튀었다.

그 기세에 눌렸는지 굉천마가 약간 우위를 잃어버리는 듯 보였다. 그러자 그가 싸움에 본격적으로 임하면서 경력 다발을 날렸다.

양유는 높이 뛰어올라 경력의 기세에서 벗어나고는, 굉천마 쪽으로 떨어지면서 높이와 체중의 힘, 자신의 근력과 공력, 그리고 검에 가득 담긴 경력, 그 모든 것을 합산한 힘으로 굉천마의 검을 때렸다.

쾅!

굉음과 함께 양유는 뒤로 튕겨 나가고, 굉천마는 뒤로 주르륵 밀렸다.

고개를 드는 굉천마의 눈이 커졌다. 그의 앞으로 거대한 경력 무리가 다가들고 있었다. 그는 피하지 않고 몸을 앞으로 숙였다. 경력이 그를 있는 대로 할퀴고 지나갔다.

"됐다!"

광억은 대놓고 좋아했다.

혁세가 제대로 격중한 것이다. 하지만 먼지가 걷히고 모습을 드러낸 굉천마의 몸에는 크게 다친 부분이 없었다. 다만, 먼지를 뒤집어써서 머리가 뿌옇게 됐고 연신 콜록거릴 뿐인데…….

"그렇게 나온다, 이거지?"

굉천마 또한 혁세에 밀리지 않을 위력을 뿜어냈다. 그가 만들어낸 경력은 혁세보다 범위가 넓지는 않지만, 강력하기로는 그에 못지않았다. 굉천마의 검끝에서부터 양유가 선 곳까지 경력이 나아가면서 바닥이 쩌저적, 갈라졌다.

양유는 괜한 호승심이 발동하여 피하지 않고 검막을 쳤다. 대부분 해소시켰으나 뚫고 들어오는 게 있었다. 양유의 옷은 걸레짝이 되었고, 전신이 긁혀 피가 흘렀다.

이것이 굉천마와 자신의 차이. 확실히 그가 한 수 앞서 있다. 그러나 양유는 전혀 주눅 들지 않았다. 경지의 높고 낮음만 가지고 승패를 가린다면 무림에서 죽는 사람은 아무도 없을 것이다. 누가 더 알고 누가 더 많이 나아갔느냐가 아니라 마지막에 누가 서서 상대방을 굽어보느냐가 더 중요했다.

양유는 어떤 편법을 써서라도 그를 꺾겠다고 다짐하며 혁세로 보답했다. 이때부터는 완전히 초고수 간의 대결이었다. 수십 명을 몰살시킬 수 있는 기운을 뿜아내는 동시에 최대한 상대방의 경력으로부터 자신을 보호했다.

경력은 눈이 없어 자기 자신을 제외한 모든 것을 날카롭게 베었다. 연무장 바닥은 걸레짝이 되었다. 서로를 맞추지 못한 경력은 계속 날아가 상관가 사람들에게까지 이르기도 했다. 괴인들이 이를 일일이 해소하여 눈먼 피해를 입는 사람은 없었지만, 경력이 계속 주변의 기물을 파괴하니 그때부터는 문제였다.

경력의 폭풍이 끊임없이 몰아치니 기둥이 남아나지 않았고, 슬슬 천장이 내려앉기 시작했다.

그런데도 두 사람은 멈추지 않았다. 무슨 신들리기라도 한 것처럼 주위가 난장판이 되는 것도 신경 쓰지 않고 순간의 공방에만 집중했다.

초와 초가 맞붙고 그렇게 수십 초를 겨루었다.

양유는 피투성이가 됐지만, 굉천마는 작은 상처만 있을 뿐이었다.

그 모습을 본 광억은 한탄했다. 이곳은 붕괴될 조짐을 보이고 있어서 다들 밖으로 대피하는데, 광억은 차마 자리를 뜨지 못했다.

괴인 중 한 명이 다가와 말했다.

"안 나가면 이러다 죽습니다."

그가 계속해서 재촉하자 광억은 그제야 움직였다.

이제 아무도 없는 연무장에서 굉천마가 검을 내리고 물었다.

"이러다간 생사를 결해야 할 텐데, 굳이 그래야 하나?"

양유는 피를 줄줄 흘리면서도 웃었다.

"뭘 이겼다고 생각하지? 이제부터 시작인데."

"다 져놓고 고집은⋯⋯."

굉천마는 무너지는 천장을 가리키며 말했다.

"저건 어떡할 거지?"

"몰라. 아무튼 난 아직 안 끝났어."

양유는 다시 자세를 잡았다.

굉천마는 협상을 하려고 했다.

"딱 삼 초 주지. 그때도 격차를 못 줄이면 넌 진 거다."

양유가 거기에 동의하는지는 대답을 안 해서 알 수 없었다.

양유는 공격을 재개했다. 첫 번째로 펼친 것은 섬전단수!

얼마 전에 조훈을 단번에 보낸 것을 생각하며 쓴 것인데 굉천마의 반응은 그보다 더 빨랐고, 양유가 쾌검을 쓴다는 것을 알고 있었기에 대비가 되었다.

쉭, 소리와 함께 굉천마의 옷자락이 잘려 나갔다.

이것으로 일 초.

이 초로 양유는 혁세를 선택했다. 모든 공력을 동원하여 가장 강력하게 펼치는 혁세의 위력!

굉천마는 경시하지 못하고 방비를 철저히 했다. 다 막았다고 생각한 그가 외쳤다.

"이제 그만하지? 남은 일 초로 뭘 하겠나!"

그러나 먼지가 걷히고 앞을 보니 양유가 현철검을 들고 자신을 찔러오고 있었다. 미처 검으로 튕겨낼 시간이 없어서 굉천마는 호신강기를 끌어 올렸다.

"어?"

그의 눈이 커졌다. 복부에서 느껴지는 이물감, 뒤이어 찾아오는 고통. 믿을 수 없지만 자기가 찔린 게 맞는 것이다.

"아, 하하……. 뭐지?"

굉천마는 이해할 수 없다는 듯 웃었다. 어떻게 이런 일이 일어났는지 그조차도 알 수가 없었다. 그러다 곧 깨달은 듯 탄성을 내뱉었다.

"용린을 완성했군. 이런 미친! 그러고도 못 익힌 척 하다니……."

양유는 어깨를 으쓱했다.

"그래봐야 당신보다 나을 수는 없잖아? 이렇게라도 안 하면 어떻게 이겨?"

"그 짧은 시간에 그게 어떻게 가능하지?"

"개념을 이해하고 원리를 적용하니까 되더군."

용린은 경력 무공의 상위 경지라고 할 수 있었다.

굉천마가 창시한, 이를 데 없이 창의적이고 획기적인 개념!

경력 위에 경력을 덧씌워 그 파괴력과 강도를 비약적으로 증가시키는 것이다. 이걸 아무 생각 없이 펼쳤다가는 경력끼리 반발 작용을 일으켜 제 몸만 버리게 되지만, 굉천마는 이를 완벽하게 조화하는 방법을 만들어냈기 때문에 무공의 새로운 경지를 열었다.

그렇기 때문에 양유의 공격은 굉천마의 벽을 뚫을 수 없었고, 그는 주머니에 손 넣듯 양유의 저지선을 간단히 넘나들었던 것이다.

양유는 검을 빼냈다.

굉천마의 배에서 피가 줄줄 흘러나왔다. 손으로 막으니 금세 피투성이가 되었다.

양유는 그에게 물었다.

"계속할 건가?"

"아니, 내가 졌다."

그러자 양유도 검을 내렸다. 굉천마의 상태는 위중하지는 않으나 이대로 놔두면 그렇게 될 수도 있었다. 양유는 점혈을 해서 피의 흐름을 막고 옷을 찢어 대충 감고는 위를 보았다.

"이거, 당장 무너지지는 않겠지?"

우르르르릉!

그런 말을 하고 있는데 위에서 모래가 쏟아지면서 천장이 푹 꺼지며 바닥으로 내려오기 시작했다. 양유는 굉천마를 안고 달렸다. 그의 뒤로 천장 구조물과 돌무더기들이 마구 떨어지기 시작했다. 그는 이를 악물고 섬혼영을 전개했다.

밖에서는 상관세가의 사람들과 광억 쪽 괴인들이 각각 한데 모여 기울어져 가는 전각을 바라보고 있었다. 광억에게는 이제 상관가 사람들의 이용가치가 없기 때문에 도망치든 말든 신경 쓰지 않았는데, 그들도 승자가 궁금하긴 한 듯 가만 서서 기다리는 중이었다.

파삭!

전각이 완전히 무너졌다. 그런데도 아무도 나오는 이

가 없으니 둘 다 안에 깔린 것 같았다.

"양유!"

가장 먼저 달려간 것은 상관소혜였다. 그녀는 눈물을 흘리며 무너진 전각 앞에서 그의 이름을 불렀다.

그러나 지금 필요한 것은 굴착 작업이지, 이런 건 아니지 않을까?

그러나 그녀에게 그런 걸 바랄 수는 없는 노릇이었다.

상관소혜는 벌떡 일어났다. 그러고는 광억에게 가서 따졌다.

"당신이 그러고도 양유의 사부야? 제자를 사지에 몰아넣는 스승이 세상에 어디 있어?"

광억은 그녀를 무시했다. 그는 양유가 굉천마를 꺾지 못했다는 사실에 큰 충격을 받은 것 같았다.

"분명 양유는 더 이상 갈 데가 없는 경지에 이르렀다…… . 대체 왜 굉천마를 이기지 못한 것이지? 혹시 그보다 더 높은 경지가 있단 말인가? 아니, 그런 건 있을 수가 없어…… ."

약간 실성한 듯 혼잣말을 중얼중얼하는 것이다.

상관소혜는 어이없어 하며 돌아섰다. 그런데 그녀의 얼굴이 갑자기 환희에 찼다. 잔해를 뚫고 양유가 지하에서 기어 올라온 것이다.

"살아 있었구나!"

그녀는 양유에게 달려갔다.

양유는 손을 들어 그녀를 막았다. 피와 흙먼지로 범벅되어 있고, 뒤에는 다친 굉천마가 있는 것이다. 다만, 덤덤하게 말했다.

"누구 죽었어? 왜 울어?"

"아니, 너무 좋아서……."

너무 좋은 사람은 또 있었다. 광억이었다.

"결국 이겼구나!"

양유는 굉천마를 내려놓았다. 상처가 아주 큰 것은 아닌 듯 겨우 중심을 잡고 설 수는 있었다. 양유는 상관가 사람들에게 그를 부탁했다.

종명이 금창약을 가지러 얼른 뛰어갔다.

양유는 광억에게 말했다.

"아뇨, 전혀."

"그건 무슨 소리냐?"

"아까 본 것까지는 스승님이 가르쳐 준 무공으로 싸운 것, 그다음부터는 굉천마의 무공이죠. 봤잖아요. 경력 무공으로는 용린 무공을 못 이겨요."

"용린 무공?"

양유는 원리를 간단히 설명했다.

광억의 얼굴이 이상야릇해졌다. 제자가 그가 정한 평생의 맞수를 꺾었으나 그가 아닌 맞수의 무공을 사용했다니. 그 말은 결국 자기가 또 졌다는 말 아닌가.

"대체, 대체 그건 언제 익혔지?"

"처음 만난 날에 굉천마가 그냥 툭 알려주더군요."

광억은 무슨 반응을 보여야 할지 모르는 것 같았다. 만약 양유가 굉천마에게 졌다고 하더라도 이런 느낌은 아닐 것이다. 다시 노력하여 굉천마에게 재도전하는 방법도 있다. 그러나 이건……

더 이상 양유는 자신만의 제자가 아니라 굉천마와의 공동 전인이 되는 것이다. 이제부터는 청출어람이 일어난다 해도 온전히 그만의 공이 아니라 굉천마와 나눠야 한다. 이제 그에게 굉천마를 꺾을 기회는 사라지고 말았다.

"이, 이이……"

광억은 분노로 몸을 떨었다.

그런 그를 보며 굉천마가 한마디 했다.

"그러니까 자기 일은 스스로 해야지, 남의 손을 빌려서 하면 쓰나."

"뭐? 내가 이날을 위해 어떤 노력을 기울였는지 알기나 하고 그런 말을 하는 건가? 나는 제자를 육성하는 것 외에도 네 소재를 찾기 위해 별의별 짓을 다 하고 다녔다. 어딘가에 처박혀서 나올 생각을 안 하니 마문을 등장시키기로 했지. 나는 마문의 잔당에게 어마어마한 투자를 했다."

그럼 당금 무림의 혼란에 광억이 엄청난 기여를 했단 말인가.

사람들의 입이 떡 벌어졌다. 지금까지만 하더라도 도가 지나치다고 생각했는데, 이 집념은 대체 뭔지…….

"마문이 발호한 다음에는 최대한 혼란을 만들어야겠다고 생각, 사도를 분열시키고 삼성의 개입을 차단했지. 그러자 마문이 난리 칠 수 있는 판이 만들어졌고, 결국 너를 찾을 수 있었다. 그런데 그런 나에게 남의 손을 빌렸다고?"

상관호가 물었다.

"대체 일개인이 어떻게 그런 일을 할 수 있소?"

광억은 대수롭지 않다는 듯 대답했다.

"나는 남궁가 출신이거든. 내 제자는 철검성주이고. 둘 다 사도와 패도의 여론을 주도하는 세력이지. 그리고 사파전(四巴戰)이 익숙해진 현 무림에서는 눈치 보는 게 참전하는 것보다 더 이익인 것도 사실이니, 내가 강요했다기보다는 그들이 자기 욕망에 충실할 수 있도록 도왔던 거다."

"아……."

상관호는 어디선가 흘려들었던 전전대의 남궁가 천재 이야기를 기억해 냈다. 그가 수십 년의 세월을 건너뛰어 여기 있는 것이다. 그것도 이 모든 재앙의 흑막으로, 이해할 수 없는 집념의 복수자로.

그런 그가 분을 못 이겨 소리치고 있었다.

"그런데도 네까짓 게 어떻게 나에게!"

그는 양유에게 명령했다.

"굉천마를 죽여라!"

굉천마는 아픔을 참으며 쿡쿡 웃었다.

"그러면 당신은 영원히 나한테 지는 거야. 그것 때문에 지금 괴로워하는 것 아닌가?"

"살아남는 자가 이기는 거지. 굉천마를 죽여!"

그러나 그 말을 들을 리 없다. 양유는 싫다고 했다.

"그래?"

광억, 아니, 남궁억의 눈이 요사롭게 빛났다.

"굉천마를 죽여라!"

"싫다니까요."

굉천마가 말했다.

"역시 혼마안(魂魔眼)을 쓰는군. 그런 걸로 제자를 다스리니 나라도 말을 안 듣겠다."

굉천마는 자기가 그의 금제를 해제했음을 밝혔다. 양유를 찾아 별당으로 간 밤, 뭐하는 놈인가 싶어 그의 머릿속을 들여다봤는데, 이미 금제가 하나 걸려 있는 게 아닌가.

그런데 자신이 누군가.

마도의 조종(祖宗), 굉천마가 아닌가.

손쉽게 금제를 풀었다고 말했다.

남궁억은 분노가 머리끝까지 올라 소리쳤다.

"양유, 마지막 경고다! 그를 죽이지 않으면 후회하게 될 거다!"

그럼에도 양유는 꿈쩍도 하지 않았다.

"좋아."

남궁억은 자기가 직접 나서겠다고 했다. 괴인들도 다 불러 모았다. 그러나 몇몇은 이게 내키지 않는 듯했다.

"우리도 자존심이 있지, 십이 대 일로 싸우자고?"

"이 일이 끝나면 기한이 된 사람들은 다 풀어주겠다."

그 말에 반대하던 쪽이었던 이달현이 슬그머니 남궁억의 옆으로 다가갔다. 몇몇 괴인들도 마찬가지로 행동했다. 나머지 기한이 덜 된 괴인들은 그럼 자기들도 기한을 줄여 달라고 난리였다. 남궁억은 혼마안을 발동했다. 이제 그의 말에 토를 다는 괴인은 없었다.

그들이 그러는 동안 양유는 굉천마의 앞으로 가 그를 지킬 태세를 취했다.

남궁억은 코웃음을 쳤다.

"그렇게 나오겠다, 이거지?"

그는 괴인들을 시켜 여자들을 데리고 오라고 했다.

여자들?

그 말을 들은 양유는 설마 했다. 그러나 스승은 그 설마를 충분히 실현하는 사람이었다. 괴인 둘의 손에 끌려온 두 여자는 고와와 수옥이었다.

그녀들은 양유를 보더니 구슬 같은 눈물을 흘리기 시작했다.

이번에는 양유가 분노에 휩싸였다.

"진짜 이 정도밖에 안 되는 인간이었습니까?"

"저들을 죽이고 싶으면 마음대로 해라."

양유는 비켜날 수밖에 없었다.

남궁억은 끼어들 생각은 꿈에도 하지 말라고 했다. 그는 두 여자를 잡고 있는 두 괴인에게 명령했다.

"이 싸움에 끼어들면 둘 다 죽여라. 어느 한쪽을 구하러 가면 그쪽은 내버려 둬. 대신 다른 쪽은 죽여. 그럼 제자야, 잘 생각하거라."

남궁억과 괴인들은 일제히 굉천마를 공격했다.

굉천마는 비록 큰 상처를 입었다고 해도 여전히 강했다. 용린 무공의 경지에서 펼치는 공격은 너무나도 위협적이고, 호신강기는 뚫을 수가 없었다. 그러나 다친 상태에서 크게 움직이니 상처가 터지고 다시 피가 흘렀다. 운신이 둔해지자 아무리 경지가 높아도 실제 싸움에서는 큰 약점으로 작용했다.

양유는 그를 보며 어떻게 해야 할지 몰랐다.

이대로 굉천마의 죽음을 방관해야 하는 건가?

사실 굉천마와는 고작 며칠 전에 알게 된 사이였다. 자신이 그의 죽음을 신경 써야 할 필요는 없었다.

하지만 굉천마에게 큰 은덕을 입은 것도 사실이었다. 그가 아니었으면 상황이 이렇게 돌아갈 일도 없었다. 굉천마는 다치지 않았을 것이며, 자신은 패배한 후 다시 스승의 통제 아래로 들어갔을 게 뻔했다.

하지만 수옥과 고와. 굉천마를 살리자고 저들을 죽음에 이르게 할 수는 없었다. 그는 과연 제삼의 길이 존재하는가를 따져 보았다. 세 사람 모두 살리면서 스승으로부터 벗어나는 황금의 방안!

'그런 게 있을 리가 없잖아!'

그러는 동안 굉천마가 등에 검을 맞았다. 미처 호신강기를 끌어 올리지 못한 듯 피가 철철 흘렀다. 그와 동시에 그는 괴인의 목에 검을 찔러 넣었다. 하지만 여전히 수 차이가 너무 난다.

초고수급 아홉 명 대 다친 절대고수 한 명.

정상적인 상황이었으면 모를까, 저런 몸으로는 곧 무너질 게 뻔히 보였다.

그때, 양유에게 전음이 들어왔다.

이달헌의 목소리였다.

―광억을 죽여!

―무슨 소리야?

―이걸 끝낼 방법은 그것뿐이다. 너도 자유로워지고 싶지 않나?

―내가 못해서 안 하는 줄 알아?

―단번에 끝낼 수 있다면 인질들은 죽지 않을 것이다. 광억에게 마음 깊이 충성하는 사람은 아무도 없거든. 광억이 죽으면 금제는 사라지고, 그러면 손 털고 알아서 자기 길을 갈 인간들이다.

―그게 가능하다고 생각하나?

―나는 못하지. 그러나 너라면 할 수 있을지도?

더 이상 이달헌으로부터의 전음은 없었다.

양유는 가만 서서 생각했다.

괴인 여덟 명에 둘러싸인 스승을 무슨 수로…….

양유는 현철검을 뽑았다. 여자들을 구하려는 것이라 생각하고 괴인들이 바짝 긴장했다.

수옥이 외쳤다.

"고와를 구해요!"

그 말에 고와가 울면서 마구 고개를 저었다. 그녀는 못 본 사이 많이 자란 것 같았다. 대막인 특유의 외모 때문에 알았지, 아니었으면 몰라봤을 수도 있었다.

양유가 검을 들었다. 검끝이 위로 올라가는 동안 그의 뇌리에 지금까지의 일이 스쳐 지나갔다.

거지로 동냥하다 스승을 만난 일, 그 후 백암산에서의 수련, 수옥과 군하경, 무림 초출과 스승의 죽음, 대막 생활과 고와, 복수, 덧없어진 복수……

그의 검에서 무수한 경력이 들끓기 시작했다.

복수 이후의 생활은 별로 기억에 남는 게 없었다. 별로 남기고 싶지 않았기 때문일지도 모른다. 아무튼 여러 일을 거쳐 여기까지 왔다. 양유는 더 이상 생각하는 것을 포기했다. 이 일격에 모든 것을 걸 뿐이었다.

거대한 경력의 물결이 모든 것을 부수며 날아갔다. 괴인들은 황급히 경력막을 쳐서 방비해 보지만, 단숨에 쓸려 나가며 아무것도 남지 않았다. 경력은 괴인들을 하나씩 부수며 나아갔다. 그리고 그 끝에는 남궁억이 있었다. 그는 마지막 순간에 허허 웃었다.

그가 물었다.

"이 무공은 뭐지?"

"용린혁세……"

"음……"

그는 인상을 찌푸리더니 입에서 검은 피를 줄줄 흘렸다. 그러더니 곧 고개를 떨어뜨리고 말았다.

종장 **양유, 다시 떠나다**

사태는 빠르게 정리되었다. 상관가에서는 없던 일로 하고 싶어 했기 때문에 그쪽 사람들을 일제히 입을 다물었고, 죽지 않은 괴인들은 알아서 떠났다. 결국 남은 것은 무슨 일로 전각이 내려앉았나 궁금해하는 상관가 사람들의 무성한 추측뿐이었다.

양유는 한동안 별당에서 지냈다. 원래는 떠나려고 했으나 상관소혜가 기를 쓰고 못 가게 막았기 때문이다. 그녀는 고와와 수옥도 불러서 같이 지냈다. 세 사람은 금세 친해진 모양인데, 이건 상관소혜가 본성을 잘 숨겼기 때문일 공산이 컸다.

그녀는 양유에게 애교를 섞어가며 물었다.

"이제는 결정해야 할 때 아니야? 기다리는 것도 지
쳤어."

"나, 나는…… 음, 절대 네가 싫다는 게 아니라 나한
테는 일부일처제가 맞는 것 같아."

"야!"

상관소혜는 소리치다가 아차 하고 자기 입을 막더니,
이내 훌쩍거렸다.

"흑흑, 내가 대체 왜 이런 놈을 좋아해서는……. 흑
흑, 너무해. 동생 생각은 어때?"

그녀는 되도 않는 억지 울음을 짜내며 고와에게 물었
다. 알고 보니 고와의 손은 멀쩡했다. 확실히 스승은
자기 목적을 위해 사는 사람이지 괜히 피를 보는 쪽은
아니었다. 고와를 자기가 잡고 있다는 사실로 양유만
통제할 수 있으면 그만이었던 것이다.

고와가 말했다.

"저는 언니가 좋은데, 양유가 싫다면 그건 어쩔 수
없지 않나요? 그런데 싫어요?"

그녀는 곤란한 질문을 했다.

양유는 말을 돌렸다.

"얘한테는 언니라고 하면서 나는 왜 양유야?"

"양유는 양유니까요."

"음……."

그때, 밖에서 양유를 찾는 사람이 있었다. 꾕천마였다. 그는 거의 다 회복되어 있었다. 그런데 뭔가 본격적인 차림인 것이, 먼 길 떠나는 사람 같았다.

"가는 건가?"

"맞아."

"둘이서?"

그의 옆에는 상관수하가 있었다. 그가 뭐 때문에 상관가에 박혀 있나 싶었더니, 둘이 연인이었던 것이다.

도대체 나이 차이가 얼마나 나는 건지.

양유는 비아냥거렸다.

"여자 때문에 마문을 작살내고 나와 세상을 떠돌던 일편단심은 어디 가고, 왜 갑자기?"

"닮았거든."

"흠……."

오늘따라 말문이 막히는 일이 많았다. 그는 상관수하에게 물었다.

"이래도 괜찮아요?"

"괜찮으니까 같이 가는 것 아니겠어요? 소혜를 잘 부탁해요."

그리고 두 사람은 가버렸다.

앞길이 창창한 남연당 당주가 이미 벌써 오십 년 전에 무림을 호령했던 전대의 거마를 위해 세가를 떠나다니…….

이게 잘 어울리는 한 쌍인지 의문이 드는 한편, 둘 사이에 대체 무슨 일이 있었는지 궁금해졌다.

그다음으로 양유를 찾은 것은 광살마 이달헌이었다. 그는 양유가 마지막 일격을 날릴 때, 그게 심상치 않음을 느끼고 무작정 내뺀 결과 죽지 않고 살아남았다. 그는 긴히 할 말이 있다고 했다.

"날 풀어줬으니 너한테 고맙기도 하고, 또 꼭 그게 아니더라도 이건 말해야 할 것 같아서……."

"뭔데?"

"군하경은 사실 아직도 마태자에게 잡혀 있다."

"뭐라고?"

"광억, 아니, 남궁억이 철검성주를 통제하던 방식이지. 그 특유의 금제와 더불어 딸까지 자기 손아귀에 있으니 성주는 그가 말하는 대로 움직일 수밖에 없었다."

그런데 군하경을 찾았다고 거짓말을 했으니, 신나게 상관세가를 떠나던 도중 너무 마음에 걸려서 이 말을 하러 돌아왔다는 것이다.

"그래, 말해줘서 고마워."

"뭐, 그런데 혼자 구하러 가겠다거나 그럴 생각은 아니지?"

"하하……."

그날 밤, 양유는 별당에 한 장의 쪽지를 남기고 떠났다. 거기에는 간략히 적혀 있었다.

하경을 구하기 위해 잠깐 갔다 올게.
마문이 망하면 내가 한 걸로 알고 있어.

다음 날, 쪽지를 발견한 상관소혜는 세가가 떠나갈 정도로 외쳤다고 한다.

"양유, 이걸 진짜! 내가 못살아아아아아!"

〈『풍상강호』 끝〉

風霜江湖

1판 1쇄 찍음 2015년 12월 16일
1판 1쇄 펴냄 2015년 12월 22일

지은이 | 하 목
펴낸이 | 정 필
펴낸곳 | 도서출판 **뿔미디어**

편집장 | 이재권
기획 · 편집 | 문정흠

출판등록 | 2002년 9월 11일 (제1081-1-132호)
주소 | 부천시 원미구 소향로 17번길(두성프라자) 303호 (우) 14544
전화 | 032)651-6513 / 팩스 032)651-6094
E-mail | bbulmedia@hanmail.net

값 8,000원

ISBN 979-11-315-6907-8 04810
ISBN 978-89-6775-311-5 04810 (세트)